Mes fous

JEAN-PIERRE MARTIN

Mes fous

ÉDITIONS DE L'OLIVIER

ISBN 978.2.8236.1664.4

I

Depuis que j'ai arrêté les antidépresseurs, me dit Laetitia, j'aime bien mon disque dur. Je vois des femmes enceintes au ventre transparent d'où sortent par le nombril des milliers de cerfs-volants. Ça se passe à Pompéi pendant l'éruption du Vésuve. Toutes ces femmes s'envolent dans la baie de Naples, elles échappent au désastre, et j'ai encore bien d'autres visions.

J'ai mis des points, des virgules, mais Laetitia ne respire pas. Elle me parle maintenant de la paix. Veut la paix dans le monde, rien que la paix. Hausse le ton. Me voudrait tout à elle. À cette paix. Flux incessant. Se fout des affaires courantes. L'affaire courante, c'est elle-même. Ne supporte pas une présence diffuse. Laetitia parle, je tends l'oreille, je décroche, je divague autour d'elle. Mon attention malgré moi reste flottante. Cependant l'indifférence m'est impossible. Les ongles, leur longueur effrayante, ne m'impressionnent pas. J'en ai vu d'autres.

Je viens de la croiser. Elle déboulait, perchée sur des talons très hauts qui la faisaient se déhancher, elle appelait au secours en interpellant les passants pressés. Je n'ai pas su l'ignorer. J'ai pensé à Constance.

Où es-tu en ce moment, Constance ? Je perds souvent ta trace. J'ai peur. Je t'imagine marchant comme moi, errant plutôt, dans les rues de la ville, ou pieds nus au bord de la mer. Le ressac t'apaise, je le sais, et la souplesse du sable qui masse les pieds, et le vent que d'autres excite, toi, il te berce, et à chaque fois que je pense à toi, je pleure.

Vous m'écoutez ? me dit Laetitia en faisant cligner ses faux cils. Sa tête tient assez bizarrement sur son corps, elle la penche un peu trop, elle la hoche, elle se cabre, se tourne. Un grand rire la secoue. Sa façon de tenir le coup est précaire.

Mais non vous ne m'écoutez pas, vous êtes ailleurs, comme tout le monde, comme tous les autres… Laetitia et moi, nous sommes maintenant assis l'un en face de l'autre, à la terrasse d'un café qui borde la Saône. Elle a raison. Je suis ailleurs.

Vous savez, continue Laetitia, je suis très sensible moi, je perçois tout. Vous êtes pressé peut-être ? Beaucoup de travail, hein ? L'autre jour je ne savais pas où aller je suis entrée dans une église, le curé a été très gentil. Une autre fois c'était une religieuse. J'entends des voix dans les églises et aussi sur les quais au bord des rivières, les poissons me disent leur malheur, j'ai tout mon temps moi, je ne travaille pas, enfin si je travaille le chant. Mon père est en HP, ma sœur s'est suicidée, ma mère est au bord du suicide, j'ai des antécédents, j'aurais bien aimé avoir une chambre plus tard quand je serai vieille, dans très longtemps, tout à côté d'eux dans un hospice, en attendant je chante, je vais enregistrer un album.

Elle parle beaucoup, je résume.

Au mot « chant », j'ai sursauté. Et aussi au mot « album ». Je crois savoir à quel point certains schizophrènes, ceux qu'on appelle ainsi, ont envie de chanter. Le chant leur paraît un remède. Comment Laetitia n'aurait-elle pas envie de faire entendre sa voix sur les ondes, de s'insinuer dans le tympan intime des familles, de s'immiscer dans les chambres célibataires, de pénétrer dans tous les lieux où elle n'a aucun accès ?

Il a bien fallu que je lui dise au revoir. Au revoir n'est pas un vain mot. Je lui ai donné mon courriel. Mon téléphone, non, je sais trop à quel point ça peut être dangereux, le téléphone. Je le sais en particulier à cause de Constance. Laetitia vient de s'ajouter à ma liste compassionnelle, mais seulement dans la catégorie courriel.

Avant de rentrer chez moi, j'ai fait un grand détour. Quand Sylvain m'a mis en arrêt maladie, je lui ai dit : « J'aime marcher, j'aime nager, il n'y a que ça qui m'apaise, faut que je bouge mon sac de peau.

– Marche si ça te fait du bien, m'a dit Sylvain. Marche tant que tu veux, nage autant que possible, dans ton cas, l'exercice physique est fortement recommandé. »

Sylvain est quasiment un ami. Au cas où j'aurais des amis. Il sait presque tout sur moi. Quand j'ai des problèmes, je vais voir Sylvain, et récemment, ils ne se sont pas arrangés, mes problèmes.

*

Sylvain, il y a un mois, m'a trouvé dans un état, je ne sais plus l'adjectif qu'il a employé, un mot banal – en gros, un drôle d'état. J'aime bien ça chez lui : pour les troubles de l'âme, il n'emploie jamais des termes convenus. Il sait qu'en gros là-dessus on ne sait rien. Il m'a dit aussi : Tu souffres d'une empathie excessive.

Ce n'est pas moi qui lui ai demandé un arrêt, c'est lui qui m'a dit : Arrête-toi.

Arrêter, ce mot m'a plu. Ma vie jusqu'à présent a passé comme un tourbillon.

« C'est certainement l'état dans lequel est ton père qui a créé en toi une mélancolie, comment dire, par ricochet. J'emploie le mot mélancolie au sens le plus courant. Je ne sais pas comment dire autrement. Tu m'as souvent parlé de ton père, Sandor. Tu l'admirais et maintenant, tu le vois s'effondrer. C'est dur, forcément. Il y avait déjà Constance. Tu étais déjà possédé par Constance. Et maintenant, c'est ton père. T'as forcément l'impression d'un chaos. D'autant que tu te mets trop facilement dans la peau des autres. Préserve-toi, Sandor. Résiste. Tâche de fréquenter des gens joyeux, équilibrés, des types ou des femmes qui te sortent la tête de l'eau, elle est pire que la semaine dernière, ta tête, fais attention, ne regarde que des films drôles, des séries comiques, un peu d'alcool ça fait pas de mal, deux ou trois verres par jour, et puis remets-toi à fumer s'il le faut, et même, tiens, un peu de cannabis. Si tu veux des neuro, no problemo. » J'ai fait signe que non. Quand il m'a conseillé de ne regarder que des films drôles, moi qui aime surtout ceux de Lars von Trier, et plus que tout autre *Melancholia*, j'ai pensé à ma tante Jade que je n'ai vue qu'une fois, dont on ne parlait jamais, elle m'avait emmené voir un Marx Brothers, elle ne pouvait voir que ça, ma tante Jade, des Marx Brothers, peu de temps avant de se suicider.

*

Après Laetitia qui avait occupé une bonne partie de mon après-midi, j'ai longé la Saône, le soir tombait, il fallait faire quelque chose contre cette fatalité, je n'avais pas assez marché, j'ai grimpé à grandes enjambées jusqu'au plateau pour me fatiguer, c'est une rude montée, j'étais essoufflé mais ma tête bouillait encore, je comptais prendre le bus pour la piscine de Caluire, lorsque j'ai vu le fou météo. Dédé est en quelque sorte un ancien de ma liste compassionnelle. Autrement dit, je suis son habitué. S'il ne me voit pas pendant une semaine, il se demande ce qui m'arrive.

Dès qu'il m'a aperçu, Dédé le fou météo, il m'a harponné depuis le trottoir d'en face. Je suis une de ses cibles favorites. « Ah te voilà, Sandor, c'qu'il fait chaud, me dit-il en s'épongeant le front. C'qu'il fait chaud c'est pas croyable des températures comme ça, on n'en peut plus. » Avec comme toujours des gestes d'Arlequin. Il me sait à chaque fois captif, c'est pour ça qu'il continue à me héler. À présent, il ne lui reste plus qu'à traverser la rue, ça y est, il vient vers moi, moi qui suis planté à cet arrêt d'autobus, moi qui vais à la piscine, histoire de me laver l'esprit. Le voici maintenant arrivé à ma hauteur, me disant bonjour comme à un vieux copain. Du reste, même si son monologue est attendu, il est éminemment sympathique. Il passe sa vie à broder sur le temps qu'il fait. Aujourd'hui, c'est sur l'anticyclone. Il en connaît un rayon. Pendant ce temps, j'arpente le trottoir machinalement, il me suit, on se déplace légèrement ensemble, on s'éloigne en cadence de l'arrêt de bus, et voilà que le bus passe sans s'arrêter. Il me l'a fait louper, putain de bordel de merde. Je le lui dis. Je voulais nager, moi. Faire mes longueurs. M'épuiser pour me reposer. Ne plus penser à mon père, à Constance. M'échapper de la frénésie urbaine. Dédé est confus, il s'excuse, je regrette déjà mon reproche et comme pour me consoler, il continue son spectacle, s'éponge le visage en pestant sur la canicule. Gestuelle parfaite. De mon côté le cœur n'y est plus, le prochain bus est dans vingt minutes, je prétexte une course. De peur de l'avoir blessé, je lui fais un grand signe amical. Salut, Dédé. Il me sourit avec chaleur. À bientôt, Sandor ! Je lui promets que la prochaine fois, j'aurai le temps de boire un pot. C'est moi qu'invite ! qu'il me dit. Il habite le trottoir. Il attend son homme. Je ne suis pas toujours à la hauteur.

*

À la piscine, je croise à chaque fois les inséparables. C'est ainsi que je les appelle. Ce sont des habitués. L'un, encore vaillant, marche avec une relative aisance. L'autre, corps douloureux, avance à tout petits pas. Sous la douche, ils chantent de conserve, puis ils vont jusqu'au bord du bassin. L'un aide l'autre à se mettre dans l'eau. Ils se tiennent tous les deux à la même planche et nagent ensemble. Le plus valide impulse le mouvement, en se réglant sur le rythme de l'autre à demi perclus. J'aurais envie d'en savoir plus à leur sujet.

J'ai fait mes longueurs, un kilomètre, je compte, c'est comme une prescription, il y a un vieux maître nageur assez branque, un ancien militaire, il a fait l'Indochine, il se croit encore dans les paras, il nous encourage à l'épuisement. Les corps se frôlent, parfois ils se touchent ou se cognent.

Juste avant de rentrer chez moi, comme tous les jours, un type posté à l'angle de la rue devant le dépanneur. On n'a pas envie de lui adresser la parole. Il boit des bières en permanence, crache toutes les deux minutes, ses écouteurs vissés aux oreilles. Le plus souvent, il semble ignorer les passants. Tout à coup, il les invective d'une voix à la fois violente et sourde. Surtout les femmes. Aujourd'hui, il est mutique. Je suis rentré chez moi pour lire *Journal d'une schizophrène*. Ennuyeux. Malgré ça, je n'ai pas réussi à m'endormir. J'ai pensé à Constance. Mais aussi plus encore, cette nuit-là, à mon père.

*

« Quand est-ce que tu reprends le travail, Sandor ? » m'a demandé hier Mathias, mon DRH. On a fait Sciences Po tous les deux, et après, l'Essec. Ça crée des liens.

« Je ne sais pas, Mathias. J'ai vraiment besoin de repos.

– T'as une drôle de voix, Sandor. Une voix un peu éteinte. Toi qui es si animé d'habitude ! Toi qui nous donnes la pêche à tous, même dans les moments durs ! C'est pas un burn-out au moins, Sandor ?

– Non pas du tout, rassure-toi, Mathias. Je marche, je nage, il faut que je fasse le vide quelque temps et après quand je reviendrai, tu verras, Mathias, je serai régénéré, et plus boute-en-train que jamais. »

Avec Mathias, on n'arrête pas de se dire : Mathias, Sandor, on se raccroche à nos prénoms, ça doit nous rassurer, ça met un baume d'affection dans nos relations qui se tiennent quand même dans le cadre de l'entreprise, et sinon peut-être que, et même sans doute, on s'engueulerait.

Je crois bien que jusqu'à présent je mettais Mathias dans mes amis. Quelle naïveté. À bien y réfléchir, je n'ai pas d'amis. À qui est-ce que je peux vraiment raconter ce que je vis ? À qui pourrais-je confier cette manie que j'ai depuis quelque temps d'observer les fous et d'en faire quasiment mon activité principale ? Qui, à part Sylvain peut-être, comprendrait cette obsession qui me pousse à repérer partout les symptômes d'un délire général ?

En fait, je crois savoir que je ne reprendrai jamais le travail. La vérité c'est que je l'ai pris en horreur, mon travail. Et particulièrement les réunions. J'ai un problème de lucidité. Je vois trop les masques, les simagrées, les sourires postiches, la mélancolie sous les poses. Les petits hommes qui se prennent pour quelqu'un. Les surimportants qui pontifient. Ils sont presque tous directeurs : directeur prospective, directeur international, directeur innovation et partenariats… À moins qu'ils ne se présentent directement en anglais : Business Process Improvement Manager, Global Brand Manager, Director of Blockchain Engineering… Bientôt, en chinois. Ça vous pose son homme global. Dans les derniers temps, je mettais des lunettes noires pendant les réunions. Ça filtrait un peu. Personne ne me faisait de remarques. Je ne sais pas jusqu'où j'aurais pu aller. On est assez libres, en fait. Plus qu'on ne croit. Ils ont dû se dire que j'avais les yeux fragiles. C'est vrai en un sens. J'ai pensé porter un béret, puis je me suis dit qu'il valait mieux quitter ce Titanic.

Maintenant, j'ai l'impression étrange de travailler à ma manière.

Depuis que je suis en congé maladie, je marche dans la ville comme jamais. Pour la première fois, je prends mon temps. Je marche dans la ville et j'observe, je note, j'étudie. J'étudie la folie. Je fais des études parallèles, de la médecine sauvage. Si ça me fait du bien ou du mal, mon empathie pour les désaxés, je ne sais pas, si ça m'enfonce davantage ou si ça me sort du trou, l'avenir le dira peut-être, si j'ai encore un avenir.

Aujourd'hui, j'ai tâché de suivre le conseil de Sylvain, je suis allé voir le dernier film de Woody Allen. Il me fallait prendre le métro. Sur le quai, assise à côté de moi, une femme me regarde avec insistance. Regarder n'est pas le mot. Me dévisage, me scrute, me sonde et considère notre impossible relation. Visage masculin, corps massif vêtu d'une robe à fleurs comme celles qu'on trouve sur les marchés de village, grosses chaussettes, baskets.

J'entre dans la rame, elle reste vissée sur son siège, j'ai cru qu'elle allait me suivre, ça aurait été l'événement de la journée, je l'aurais questionnée, j'imagine la scène, je me vois avec elle en train d'essayer de comprendre, quand entre deux stations un type lance à la cantonade, mais tout de même dans ma direction : « Vous êtes pas prêts pour la mort vous êtes pas prêts à mourir eh oui malheureusement toujours pareil vous êtes pas prêts pour la mort pas d'orgasme enfin une fois tous les vingt ans. Tous des clochards tous des cloches. » Impossible de fuir son regard. En sortant du wagon, je me retourne et ne peux m'empêcher de lui faire signe. Il me dit : « Tchao. »

Le film de Woody Allen ne m'a pas détendu. Il était triste, finalement. Je suis revenu en charpie. Je n'ai pas dormi de la nuit. J'ai lu *La Fêlure* de Francis Scott Fitzgerald. Depuis que Sylvain m'a arrêté, je me remets à lire.

*

Mon « drôle d'état », comme dit Sylvain, ça a sans doute commencé quand mon père a sombré. Je comptais sur lui pour prouver qu'on peut vieillir à peu près sain d'esprit. Or il y a un peu plus d'un mois, il a décidé de ne plus vouloir vivre. C'est venu brusquement. Il semblait fort, jusque-là, Joseph Novick. Triste, mais solide, apparemment. Sa tristesse foncière, on pouvait bien l'admettre. Il avait tellement affronté d'épreuves dans sa vie, enfoui tant de secrets. Et voici que le mois dernier, dans sa quatre-vingt-dixième année, il refusait de manger, de boire et quasiment de parler. Peu de temps après, on a dû l'hospitaliser. Ma mère m'a aussitôt téléphoné.

Il se sent épié par les internes, les infirmières et les aides-soignantes. Son voisin de chambre, atteint d'hémiplégie, presque absent au monde derrière son masque à oxygène, a été placé là pour le surveiller. Il me chuchote à l'oreille : « Il serait préférable que nous communiquions par écrit. » Je lui tends mon carnet et un crayon. D'une écriture maladroite, il note : « procès à venir motus faire attention sérieux sur écoute sûr pour instruction et procès. » Il affirme tantôt qu'on l'a mis en prison, tantôt qu'il est en liberté surveillée. Il demande chaque jour les journaux, persuadé qu'on va parler de lui. Mon air de doute le contrarie.

Passant sa vie en revue, mon père est manifestement en train de dresser la liste de ses manquements qui sont pour lui des turpitudes. Il est sur écoute, son procès est en cours d'instruction, il est environné de taupes, on va remettre en cause ses droits à la retraite, un complot est ourdi contre toute sa famille.

« J'espère que cela ne rejaillira pas sur toi », a-t-il écrit dans mon carnet à propos de la cabale qui le poursuit. L'idée, c'est de me protéger. D'après lui, je suis un des premiers visés par la cabale.

Est-ce que je ne pourrai jamais plus lui parler, jamais plus espérer lui arracher un secret ? Il est en train de mourir au monde. Le psychiatre a parlé de mélancolie. « Mélancolie est un terme trompeur, a-t-il ajouté. Dans le cas de votre père, il faut le prendre dans un sens clinique. » J'ai consulté des textes sur la question. « Une authentique mélancolie peut survenir chez le sujet âgé. Elle prend l'aspect d'une dépression intense avec prostration et mutisme, ou au contraire agitation et agressivité. » Suit la description des symptômes. C'est mon père aujourd'hui. J'ai repensé à des antécédents dans notre famille, à un sérieux filon pathogène que j'ai sans doute minimisé. Mon grand-oncle Élias, la tante Jade, la cousine Noémie… Sans compter quelques demi-fous qu'on évoque, dans des strates plus éloignées.

Edmée, c'est le contraire de Joseph. Une optimiste invétérée. Elle veut tenter sur lui, me dit-elle, une « psychothérapie ».

« À qui feras-tu appel, maman ? lui ai-je demandé.

– Mais à moi, bien sûr, à personne d'autre qu'à moi. »

Ma mère a toujours cru pouvoir exercer sur les autres un pouvoir curatif. À quatre-vingt-six ans, elle persiste dans cette croyance. J'ai dû hériter de ce travers, mais sur ce point, la prétention à vouloir remédier à l'égarement de ses proches, Constance m'a beaucoup appris.

J'ai tâché d'expliquer à ma mère, avec beaucoup de précaution, qu'un proche n'est pas le mieux placé pour faire face à la situation, que d'ailleurs cette crise n'est peut-être pas sans rapport avec des symptômes familiaux dont, comment dire, Joseph n'a pas été préservé. Il y a l'oncle Élias, la cousine Noémie, ils sont assez atteints, tout de même, et puis, surtout, la tante Jade dont on ne parle jamais. « Mais tu mélanges tout, a dit ma mère. La tante Jade, c'est de mon côté. C'était ma sœur, Jade, tu devrais le savoir. Rien à voir avec ton père. Et puis je le connais, mon bonhomme, je le connais mieux que toi, mieux que personne, ça fait soixante-sept ans que je le connais, d'ailleurs il m'a déjà fait une dépression, il y a trente ou quarante ans, je ne sais plus, ou alors peut-être il y a beaucoup plus longtemps, il a même fallu l'interner. »

Ah bon, il a fait une dépression ? On a dû l'interner ? Ça lui est venu spontanément, à ma mère, sous le coup d'une émotion nouvelle. Elle, ma très chère maman, qui nous remontait le moral à tous, qui l'aurait gardé sur un bateau en perdition, la championne de l'ellipse, la virtuose des petits arrangements, la praticienne du tout-va-bien et du non-dit pour le bénéfice de tous, elle avait héroïquement réussi à garder le secret jusqu'à maintenant. Le terme « dépression » atténuait l'aveu, mais l'hôpital psychiatrique lui rendait sa force.

Alors l'image de mon père s'est précisée : son anxiété visible, sa façon d'être tendu en permanence, son humour sans joie, toutes choses que ma mère s'était évertuée à compenser. Mon père en fin de compte avait plutôt bien soigné sa tendance à la dépression avec les moyens du bord. Il s'était jeté à corps perdu dans le travail, s'identifiant avec passion à son emploi, professant à ce sujet une ferme morale. Ces dernières années, il me faisait parfois penser au *Vieil Homme triste* peint par Van Gogh en avril 1890 à Saint-Rémy-de-Provence, tableau que j'ai longtemps contemplé dans mon enfance : un homme âgé, assis sur une chaise, tient dans ses mains son visage penché ; on ne lui voit que le vaste front dégarni ; il est l'image même du chagrin.

Le souvenir m'est revenu de ces étranges et inhabituels séjours pendant les vacances chez mes grands-mères. De l'un d'eux, j'étais revenu transitoirement bègue. Une de mes grands-mères, une harpie, me terrifiait. Je me suis aussi rappelé cette année où l'on m'avait exceptionnellement envoyé en colonie de vacances. Des moments où mon père allait mal, sans doute. Je comprenais mieux, tout à coup, pourquoi ma mère avait été en permanence celle qui faisait face, celle qui appelait à voir le bon côté de la vie, à ne pas se laisser aller, à serrer les dents dans l'épreuve, à sourire quotidiennement face à l'adversité. Si l'on sourit à l'extérieur, disait-elle, ça va mieux à l'intérieur. Je tiens d'elle.

La mélancolie de mon père a des sources anciennes qu'on a tous fait semblant d'ignorer. Chacun réagissait comme il le pouvait. Ma mère par la méthode Coué, moi par une complexion que j'ai dû me forger, une habitude contractée dans mon enfance et incorporée très tôt, qui consiste à donner le change, à faire dire aux commissures des lèvres : Non le monde n'est pas triste, non je ne suis pas si sérieux et si méditatif, et même ha ha ha je suis du genre rieur, ou sourieur.

Sourire : telle est la règle à laquelle j'ai cru devoir souscrire très tôt dans la vie. Ou plutôt la place qui, très tôt, m'a été assignée. Je serais le souriant de service, celui qui va à peu près bien en permanence, du moins celui qui le fait croire. Le blues est ma hantise. Je devrais dire : « était ».

Quand mon visage regardait vers le bas, quand mes mains le soutenaient pour qu'il ne tombe pas, quand mes yeux se tournaient vers l'intérieur, je songeais à l'homme de Van Gogh, je songeais à ma mère, je me redressais et tâchais de sourire. Ce masque de président américain, ou plutôt, ce sourire à la Peter Sellers, dans *The Party*, visait un but inatteignable : apaiser les rapports entre le monde et moi. Ma faille se manifestait dans cette petite folie modeste, débutante, qui m'appartenait en propre et s'incarnait en un effort désespéré pour considérer la beauté de l'existence. Il me fallait croire au ressaisissement, aux projets, à la vie en somme. Un rien me mettait en joie : la lueur du jour, un dessin que faisait la pluie sur le pavé, l'odeur de café dans un bar, une terrasse à Barcelone. À la tristesse du père, j'avais toujours, jusqu'à présent, opposé l'amour de la vie. L'allégresse était mon pare-feu. Maintenant que mon père veut mourir au monde, je ne souris plus du tout. Ma mère me dit que je suis méconnaissable.

*

À vrai dire, avant la mélancolie de mon père, la folie de Constance avait déjà nettement entamé mon capital de béatitude, et l'évolution de notre famille dans son ensemble ne m'avait pas encouragé à garder le sourire. Ysé et moi, nous constations avec inquiétude l'évolution de nos enfants, mais avec Constance, au moins, c'était clair. Son cas s'était déclaré à dix-huit ans. Pendant un jour ou deux, elle était exaltée, elle riait beaucoup, d'un rire le plus souvent immotivé qui ponctuait des phrases en cascade, puis tout à coup elle paniquait, elle rentrait en elle-même, ses yeux regardaient le vide et ça durait une semaine. Depuis ce temps, personne ne pouvait nier qu'une catastrophe l'avait emportée, enfin, personne en principe, parce que auprès d'autres que sa mère et moi, étrangement, elle continuait à faire illusion.

Adrien, notre deuxième fils, lui, après tout, il n'est

qu'Asperger, enfin on ne sait pas très bien, on lui accroche ce mot-là, c'est un moindre mal, en un sens, puisqu'il vient de réussir Polytechnique. Sauf que maintenant, il ne fait plus que fixer des écrans ou jouer aux échecs en ligne, et manifeste sa détermination à ne plus jamais rien entreprendre après Polytechnique, du moins dans cette veine-là.

Quant à Ambroise, né peu de temps avant Constance, après avoir réussi le concours d'Agro et commencé une recherche en biologie végétale, il a tout plaqué pour faire instituteur, comme Wittgenstein. Sincèrement, il n'y avait pas de quoi s'inquiéter à son sujet. C'est un beau métier. Ce qui compliquait la chose, c'est qu'Ambroise était très remonté contre l'Éducation nationale. Il voulait créer de l'intérieur une école parallèle. Après un esclandre à la cantine à propos de la viande, il a démissionné pour reprendre une ferme alternative. Sa communauté agricole vient de faire scission, il squatte un appart et réfléchit à un projet d'habitat collectif émancipé de la propriété privée. Par ailleurs, Ambroise ne boit pas une goutte d'alcool, il n'a jamais fumé, a toujours refusé le moindre joint. Vie parfaitement saine, biologique en tout point. Calcule en permanence nos empreintes carbone. A une théorie précise pour sauver la planète. Mais surtout, Ambroise est affectueux. Sa gentillesse, on voudrait la trouver chez tous les humains. À travers lui, j'ai revécu mon enfance. À huit ans, il me rejoignait le matin dans le lit et me disait : Papa, je t'aime de tout mon cœur. Il a encore vers moi des gestes de tendresse qui m'émeuvent. Je le sens si proche : mêmes gestes, même affection générale, même faculté d'empathie, même élan vers les autres, souvent déçu.

J'allais oublier mon aîné, Alexandre. Calme, posé, solide. Peu expansif. Mène parfaitement sa barque. Ne semble avoir aucune difficulté à assumer le fait d'être au monde. On me dit : « Ah, Alexandre ! Quelle chance tu as ! » Sous-entendu : si tes trois autres étaient comme lui ! Vu de l'extérieur, c'est vrai, Alexandre est parfait. Il a fait Sciences Po puis HEC, à chaque fois avec beaucoup de satisfaction, tout lui convenait, les profs étaient formidables, et maintenant aussi, tout est génial, il est content de son travail, il approuve la vie comme elle va, la terre comme elle tourne, ne s'intéresse pas à la politique, ne semble pas au courant des catastrophes. Sa copine Adèle est exactement comme lui. Ils font de la voile, du ski et du badminton, ils partent régulièrement à l'autre bout du monde, de préférence vers les tropiques, ils vont bientôt faire des enfants qui, j'en suis sûr, vont tous sauter une classe et leur ressembler : sereins, pragmatiques, je les vois d'ici, mes petits-enfants. Encore que, parfois, ça dérape étrangement.

Alexandre me désarçonne d'une autre façon. Lui aussi, c'est une énigme. Le monde pourrait s'écrouler tout autour qu'il continuerait son travail de consultant. La perspective même de la mort paraît ne lui poser aucun problème. Normal, la mort. On vit, on meurt, on passe des concours, on fait carrière, on fait du ski, on fait des enfants. On est de passage, dit-il. Sur mon père, il ne sait dire que ceci : il a bien vécu sa vie. Quand je serai à l'agonie, il trouvera ça dans l'ordre des choses, sans doute. Sur Constance, il a des phrases du genre : il faut la secouer, elle est restée adolescente, ça lui passera, elle nous manipule, elle a un gros poil dans la main. Je crois bien que pour lui le trouble psychique n'existe pas. Il est tellement adapté au monde qu'il s'est préservé de la profondeur comme de l'angoisse. Profondeur, j'emploie ce mot à défaut d'un autre. On est démuni pour parler de l'essentiel. Dire qu'il y a des familles qui ne comptent que des Alexandre. Quel ennui. Je ne sais pas ce que je veux. De quoi est-ce que je me plains ? Je suis certainement trop exigeant, comme père. Pourquoi faut-il que l'enfant rêvé, ou du moins l'enfant qui avance dans la vie avec assurance soit pour moi en même temps une sorte de cauchemar ? Si l'intensité est douloureuse, pourquoi chercher l'intensité ? Au fait, y a-t-il chez Constance une intensité ? C'est d'un autre ordre, Constance. C'est d'un autre monde.

*

Quand Ysé a déclaré avec beaucoup de calme qu'elle ne voulait plus qu'on vive ensemble, je ne m'en suis pas étonné, et personne autour de nous n'a trouvé cela étrange. J'en suis largement responsable. On se demandait plutôt comment ça avait pu tenir si longtemps, notre histoire. Il y a de l'amour entre nous, mais c'est un amour entravé. Depuis quelques années, chez les Novick, on cohabite. Nos enfants se sont mis sérieusement à dérailler les uns après les autres autour de la vingtaine, enfin au moins trois des quatre. Ysé aurait aimé s'appuyer sur moi, mais moi, je faisais semblant de ne pas déprimer, je prétendais que c'était un moment délicat de l'existence, que l'avenir était ouvert, et pourtant, je devenais de plus en plus sombre.

Je laisse la maison et le jardin. C'est Ysé qui part, mais c'est moi qui déménage. Il n'y a curieusement aucun conflit entre nous. Juste une impossibilité de faire face côte à côte. Il paraît qu'il y a des parents que les enfants rapprochent. Nous, ils nous ont éloignés.

Je ne sais pas ce qui bouleverse le plus ma vie, la mélancolie de mon père, la schizophrénie de Constance, ou la rupture avec Ysé. Ça se barre de tous les côtés – ascendance, amour et descendance. Je sens que dans un tel moment, forcément, moi non plus je ne peux pas « fonctionner » comme avant. Le Sandor Novick qui semblait à l'abri, le Sandor Novick performant sur lequel on croyait pouvoir compter, se délite à vue d'œil.

*

La liste des fautes commises par mon père vient de s'allonger. Au cours de ses confessions en série et de ses repentirs in extremis, sans doute formulés dans l'espoir d'une rédemption, il a cru bon d'avouer je ne sais quel écart ancien, une anicroche sans doute, un rien, une liaison passagère, comment savoir. On peut même soupçonner, vu son état, une affabulation.

J'ai appris tout cela par suggestions et sous-entendus. Livrer un secret, ça ne se fait pas, chez nous. Toujours est-il que ma mère, à près de quatre-vingt-dix ans, elle qui jusque-là s'était dévouée corps et âme à la cause conjugale, s'est mise à parler de divorce. À son tour, elle refait le film de sa vie. Son univers mental s'effrite. Toutes les conversations avec elle au téléphone tournent autour de cette phrase : « Ton père n'est pas celui que je croyais. » Elle se débonde comme jamais.

Ils avaient bien connu quelques petites querelles, comme tous les vieux couples. Mais plus les années passaient, plus ils prétendaient incarner l'idéal de Philémon et Baucis. Et voici que Baucis tout à coup se sent flouée. Quelle oie blanche, mais quelle oie blanche j'ai été, dit maintenant ma mère. Elle qui professait des principes sévères sur la décence et le savoir-vivre a des mots que je ne lui connaissais pas. Au bout de quelque temps cependant, elle s'est persuadée que mon père avait tout inventé. Maintenant, elle est plus sereine.

Grâce aux antidépresseurs, mon père a retrouvé une certaine maîtrise de lui-même. Il est abattu, mais ne délire plus trop, même s'il continue, de temps à autre, à entendre des voix. Quand il a fallu le placer dans une maison médicalisée, il a déclaré : « C'est un arrachement. »

*

L'agence, si on peut l'appeler ainsi, est un petit local assez décrépit. C'est ça qui a dû me plaire. L'agent immobilier me plaît bien lui aussi. Il fume clope sur clope, le genre désabusé, très noir sur tout, sur la situation dans le monde et sur la sienne en particulier.

On s'est très vite tutoyés. Il s'appelle Max. Fatigué de son boulot, manifestement. Fatigué en général. Genre loser. Assis derrière son bureau, les jambes étendues sur une chaise. J'imagine qu'il cache dans un tiroir une flasque de whisky. Ça sent la nicotine. Il ne s'est pas arrêté, lui, pas encore, mais déjà il prend son temps. J'ai tout de suite pensé à *Un privé à Babylone*, de Richard Brautigan. Ça a un côté détective privé, un agent immobilier. Et aussi, quelquefois, un côté poétique. Ce sont des passeurs. Ils orientent la vie des gens. Avec Max, on a causé de l'existence en général. Je lui ai parlé de mes problèmes. En m'offrant un café, il a évoqué avec désinvolture un F4 qui venait de se libérer. Belle vue sur la ville, immeuble Art déco, très bon état. « Il était occupé par un psychiatre, a précisé Max dans une sorte de sourire éteint. Un psychiatre qui prend sa retraite. » J'ai tout de suite demandé à voir. Max n'a pas imaginé un instant à quel point ça pouvait être pour moi un argument, cet antécédent. On a fait les papiers en rediscutant de la situation dans le monde, on s'est resservi deux ou trois cafés. J'ai repris avec enthousiasme le bail du docteur Maginot.

Cent dix mètres carrés au dernier étage d'un immeuble avec vue sur rue passante. Un bel immeuble du reste, au cœur de la frénésie, avec de grandes vitres qui vibrent au passage des camions. Le balcon a une forme intéressante, presque panoptique. Je m'y suis installé comme à un poste d'observation. C'est aussi passionnant que la voûte céleste, une ville à l'heure de la débauche.

La concierge, madame Fernandez, m'a dit qu'elle faisait le ménage chez mon prédécesseur. « Il avait pris sur lui la maladie des autres. Ça sentait une odeur de malade, et jusque dans les recoins. Moi, si j'étais vous, je ferais désinfecter. »

La plaque est encore présente en bas de l'immeuble. Docteur Hubert Maginot, médecin psychiatre, cinquième étage. « On doit l'enlever sous peu », m'a dit madame Fernandez, inquiète d'une erreur possible. Je lui ai dit qu'il n'y avait pas urgence. Le cinquième étage, désormais, c'est moi.

*

Aujourd'hui, Mathias me rappelle : « Dans ton cas, mon cher Sandor, le mot d'ordre c'est repos, mais garder le contact et ouvrir les chakras. T'es juste dans une mauvaise passe, Sandor, ça va très vite s'arranger. Tu n'es pas comme les autres, je l'ai compris dès le début, mais justement pour cette raison, parce que tu es atypique, on a besoin de toi. »

Mathias est un homme positif. Il tient à préparer mon retour, à m'informer sur le développement managérial. J'ai écouté sa chanson d'une oreille distraite : le nouveau challenge, les soft skills, les feed-back, le talent management... La place essentielle que j'occupe dans le dispositif... Les deux rebelles qu'ils viennent de recruter... Je dis « ils ». Avant je disais « nous », moi aussi. Je n'ai jamais été dupe de la langue de bois mais là j'ai eu envie de rire. J'ai posé mon portable. La voix de Mathias résonnait dans le vide.

« Ton silence est précieux, Sandor, continue Mathias, tu es dans une nouvelle phase, c'est bon signe, tu écoutes. Tu t'entendrais bien avec les deux nouveaux. Tu es en train de parcourir le spectre des réponses comportementales à un problème d'identité entrepreneuriale. Tu vas nous revenir encore plus performant, j'en suis sûr. »

Mathias mon DRH concurrencerait volontiers la psychiatrie.

Je me suis demandé : Qui est le plus fou ? Celui qui pense à la mort chaque jour, comme moi, ou celui qui est possédé par le langage de l'entreprise ?

*

Il n'a pas dû avertir toute sa patientèle, le docteur Maginot. Il arrive que quelques-uns de ses malades me téléphonent. Ils m'appellent docteur. Je ne démens pas. À les entendre, ce n'est pas réglé, leur affaire. Ma voix les rassérène. Je les écoute, mais ne m'engage pas pour un rendez-vous. Je leur dis invariablement, d'une voix très professionnelle : « Prenez bien vos médicaments, je ne puis vous recevoir, désolé, je suis complet et je prends ma retraite très prochainement. » L'idée de prendre ma retraite comme psychiatre me ravit. J'ai beaucoup de respect et d'empathie pour les psychiatres en général.

Quelques jours après mon arrivée, un des patients du docteur Maginot a sonné à l'interphone. Je l'ai laissé entrer. J'avais juste fini de visionner un documentaire de Depardon sur l'hôpital psychiatrique San Clemente, et m'apprêtais à revoir un film d'Ingmar Bergman, *À travers le miroir*, où une jeune femme est atteinte de schizophrénie.

Quand ma porte s'est ouverte sur lui, il n'a pas semblé étonné de trouver un nouveau visage. Il s'appelle Maurice. J'ai tout de suite repéré chez Maurice une catégorie que je n'avais pas encore répertoriée, celle des simulateurs de troubles obsessionnels authentiques, avec dédoublement de soi et identification hallucinatoire, forme aggravée. Dans le genre assez agité. Avec sans doute un complexe de type Ajar. « Cette fois, Maurice, lui ai-je dit, la séance est gratuite, mais c'est la dernière fois. Je prends vraiment ma retraite. Vous pourrez vous passer de moi, j'en suis sûr. Faites de la méditation. »

À la fin, il m'a serré la main avec force, l'a tenue longuement, m'a dit merci avec émotion. J'ai éprouvé un regret fugace à l'idée de ne plus le revoir, tout en me disant que s'il y avait une fois prochaine, ce ne serait sans doute pas beau à voir. Je ne pouvais oublier que l'affaire Ajar s'était soldée par un mort, tout de même. Maurice m'a dit que je lui avais vraiment fait du bien. Il avait beaucoup d'humour lui aussi, ce qui n'était pas très bon signe.

Peu de temps après, la plaque qui signalait mon cabinet a été enlevée. J'ai pensé que l'appartement était vraiment trop grand pour moi. D'autant que je suis le plus souvent dehors.

*

« Constance vient de faire une nouvelle crise, me dit Ysé au téléphone. Elle était hors d'elle, enfin plus encore que d'ordinaire. Elle a brisé une vitre d'un coup de poing. Il a fallu l'hospitaliser. »

Je lui ai rendu visite. Visite n'est pas le mot. Un gardien muni d'un trousseau de clés a ouvert la porte blindée. On m'a dit, Oui entrez, mais restez sur le seuil, elle sera là. Elle était là à m'attendre, en effet, n'ayant que cela à faire. Dans le couloir, j'aperçois des malades, comme on dit, qui déambulent. Ils paraissent plus atteints que Constance. C'est peut-être une impression. Peut-être vois-je en eux une folie totalement étrangère, alors que je suis un peu accoutumé à sa folie à elle.

« Je suis très bien ici, c'est moi qui veux rester », me dit-elle avec ce sourire étrange et fabriqué que provoquent les antipsychotiques. Que lit-elle en cet instant dans mes yeux ? Nous ne parlons de rien. Je la prends dans mes bras. Elle me dit : « Mon petit papa chéri. » Elle me dit aussi : « Dans ma chambre, je chante. J'écoute des CD. Je travaille ma voix. Je vais faire un album. Je vais revoir Patrick. Patrick c'est un metteur en scène célèbre, il va me donner un rôle, le rôle principal. » Au moment de la quitter, je me sens terriblement coupable. En fait, je me sens en permanence coupable. Mais là, l'émotion est insupportable.

Rejoignant le dehors, le ciel, la rue, l'agitation, le bruit de la ville, j'ai envie de boire, de me distraire, de m'oublier, de jouer, de rencontrer des amis, de retrouver la vie ordinaire, la vie banale et tumultueuse, la vie intense et monotone. J'en ai envie, mais je ne peux pas. Je récapitule les raisons de désespérer, Constance, mon père, Ysé, d'autres encore, le monde comme il est. Comment vais-je trouver la force ?

*

Je parcours la ville en tous sens. Quelquefois j'entre dans un café ou bien, si le temps s'y prête, je m'installe à une terrasse. J'emmène deux ou trois livres dans mon sac à dos. Aujourd'hui, c'est *Histoire de la folie* de Michel Foucault. Je renoue avec mon moi livresque. On m'appelait le philosophe, à Sciences Po. J'ai aussi une fibre ethnographique. J'aurais volontiers pratiqué l'observation participante.

À l'angle que fait le pont de l'Université avec le quai, au feu rouge, je croise, comme presque chaque jour, l'ancien harki. Il est réapparu voici un mois, Karim, à peine vieilli, après s'être éclipsé pendant des années qui ne nous rajeunissent pas. Torse nu, il brandit à la cantonade des panneaux avec des photographies sur la guerre d'Algérie, sur de Gaulle. Mauvaise conscience de l'Occident. Il est manifestement là pour alerter les consciences. Je l'appelle le fou politique.

Je tente de nouveau de lui parler. J'aimerais approcher le

problème. Il me répond comme d'habitude par des bredouillis incompréhensibles.

Attendant le bus, je tombe sur ces phrases de Foucault : « La démence est donc dans l'esprit à la fois l'extrême hasard et l'entier déterminisme ; tous les effets peuvent s'y produire, parce que toutes les causes peuvent la provoquer. Elle n'a pas à proprement parler de symptômes ; elle est plutôt la possibilité ouverte de tous les symptômes possibles de la folie. » Une femme est assise à côté de moi. Installée, si l'on peut dire, sous l'abribus. Elle s'est mis beaucoup de rose aux joues, nettement trop, beaucoup de rouge à lèvres, trop. Sa robe est rose. Ses cheveux sont teints en blond peroxydé. Une masculinité à masquer. Elle a étalé par terre un plastique rose. Silencieuse. Au moment précis où je tourne mon regard, elle ne s'arrête plus de parler. Sur les Arabes, les Juifs, l'argent, la cuisine, les gentils, les méchants. Souriant régulièrement comme pour manifester son aménité, pour dire : je vous parle mais je ne vous agresse pas. Elle n'aime pas les Blacks, fait admirablement le couscous. Dans ce flot, je retiens une phrase : « Le racisme ça existe, bien fait pour les Noirs. » Passe une voiture d'employés municipaux. Ils la saluent, elle répond. Quand je monte dans le bus, elle me dit : « Bonne journée » avec reconnaissance et un regard perdu comme si je l'abandonnais. Je la note sur mon petit carnet. Je l'appelle la dame tout en rose.

Le lendemain, presque au même endroit, je l'aperçois, ou plutôt je l'entends, une voix hurlante cette fois, furieuse on ne sait pourquoi.

*

Je suis allé revoir Constance à la clinique. C'est toujours la même scène. Non, pas toujours. Quelquefois Constance est aimante, quelquefois elle me regarde avec une sorte de haine. Aujourd'hui, elle me dit : « J'entends des voix. Jésus s'adresse à moi directement. J'aimerais bien voir les religieuses qui m'avaient recueillie quand j'étais tombée dans le fossé. Je leur dirai que Jésus m'a parlé. » Puis elle se met à chanter. Une sorte de cantique pop. Elle me redit ce que je sais : elle veut faire un album. Elle me reparle de Patrick le metteur en scène qui est amoureux d'elle et qui veut lui donner un rôle, le rôle principal. À un moment, elle frappe le mur avec son poing. Puis elle me dit en me lançant un œil noir : « Tire-toi de là ! Je vais vous faire un procès. Je veux pouvoir dépenser mon argent comme je veux. » Avec un grand geste de la main dans ma direction, comme pour me chasser de son esprit.

*

Presque chaque jour, je traverse la passerelle Saint-Vincent. J'admire le dessin que fait la Saône, large juste comme il faut pour que la lumière joue avec l'eau, le ciel et le camaïeu d'ocre. Je consens un instant au monde tel qu'il est. Il faudrait peut-être que je reste sur cette passerelle. J'aime sa façon d'être suspendue, de trembler et de faire vibrer le pas.

Je marche infatigablement, interminablement, sans but, dans les rues, sur les quais, dans les parcs. Quelques humains, des ultrasensibles, perçoivent de l'intérieur mes ondes. Il arrive qu'une rencontre de hasard m'entraîne dans son maelström. Sylvain a bien raison de me dire que je souffre d'un excès d'empathie. C'est vrai que j'ai tendance à voir la folie partout, à débusquer sa menace, chez moi ou chez les autres, à travers des signes légers : une parole exagérément volubile, l'hystérie d'un geste, le mutisme glaçant d'un poisson froid, la logorrhée d'un monologuiste. Les fous et les demi-fous me magnétisent. À moins que ce ne soit le contraire. Je ne peux pas détourner mon regard. Je suis prêt à les suivre tel un privé qui aurait renoncé à la filature et adopté la méthode directe.

Fou n'est pas le mot, même si je le prononce avec affection. Je préfère dire : corps errants. Je les appelle ainsi pour tenter de leur rendre un peu de leur noblesse.

*

Je n'aurais peut-être pas dû donner mon adresse à Basile. Je l'ai rencontré à la basilique d'Ainay. Nous nous extasions tous deux. C'est un grand jeune homme intense et agité. Je lui ai offert un viognier dans un café proche. Il est artiste. Il m'a parlé de ses projets. Son air d'égarement le rend si humain. Depuis, il m'envoie presque chaque jour de grands collages cartonnés qui tiennent tout juste dans ma boîte. C'est mon « artmail », dit-il. Il me précise qu'il est « matérialiste scientifique et chrétien culturel à l'âme rebelle gallo-celtique, pollinisée par le Souffle mystique du Paraclet ». Il m'offre son « cœur adamantin trempé au lait de l'Amour universel » et m'envoie la photographie grand format d'une « Croix anamorphique, fille de la croix de l'ordre des trinitaires ». Dans un développement lyrique, je retiens surtout cette phrase : « Heureux celui qui se vit intimement comme une péripatéticienne tout en ayant su préserver son âme d'enfant, à l'égal de Marie d'Égypte. » Une autre fois, il évoque « le Point Oméga, le grand Rendez-vous » – « la Mort », précise-t-il, comme si je n'y pensais pas tous les jours. Je me demande si le facteur a la curiosité de jeter un œil sur ces affiches d'artmail décorées de photos de Rimbaud et de la Commune de Paris. Cette activité postale quotidienne s'est arrêtée brusquement au bout de quinze jours – sans doute en raison de mon silence.

*

Quelquefois je monte à Fourvière. Je regarde la ville du haut de la colline. Vue ainsi à distance, elle repose. Je redescends par les jardins, passe devant Dédé le fou météo, le salue parfois de loin afin de faire au plus court, aperçois vers le pont de l'Université Karim le fou politique, longe la Saône puis le Rhône jusqu'au parc de la Tête d'or, et là je m'assois au bord du lac pour lire. Aujourd'hui, dans

Face aux ténèbres de William Styron, je relève cette phrase : « Que jamais ne soit mis en doute que la dépression, dans sa forme extrême, est folie. » Je reprends la marche. Je croise d'autres corps errants. Dans son monde tout autre, dans son absence au monde où rien ne se fait de commun, le corps errant est un entre-soi à lui tout seul. Il ne peut faire société ou communauté. Il ne s'agglutine pas. Il ne se solidarise pas. Il ne connaît pas le nous. Il ignore le dialogue.

J'ai repéré, non loin de la roseraie, une femme d'une espèce encore différente. À la fois proche de celles que je connais, et singulière. Postée au pied d'un ginkgo biloba. Solitaire, un peu en retrait par rapport aux mœurs souvent exhibitionnistes de la tribu des fous-qui-s'exposent. Longue jupe en voile rose, veste faux cuir imitation lézard, débardeur ample et bariolé qui lui découvre les seins, tongs en plastique rouge, grande besace, cheveux très courts, hirsutes, colorés en rouge, grosses lunettes carrées. Essentiellement silencieuse quoique émettant parfois des sortes de cris presque imperceptibles, disant : « J'ai habité une très grosse ville, aussi grosse que Paris. » Je lui ai demandé laquelle. Elle a répondu : « Rouen. » Après quoi on a eu une conversation presque ordinaire sur le temps qu'il fait, sur la beauté des arbres. Je lui ai serré la main et lui ai dit : « Moi, c'est Sandor. » Elle m'a dit : « Merci, monsieur, vous êtes bien aimable. » Puis elle a repris son rythme. J'aurais aimé connaître son prénom. Je l'ai nommée Emma.

Je n'ai pas la prétention de soulager les corps errants. C'est plutôt moi que je tente de calmer. Ma conduite magique pratique le détour infini. Je côtoie des folies étrangères pour tenter d'approcher l'énigme Constance. Par une sorte d'homéopathie, suivant avec passion, dans le lit du fleuve de la ville, tel un orpailleur, le filon de la folie qui affleure, je cherche à remédier à ma propre obsession, à contrer le ressassement du roman familial.

*

Les corps errants opèrent généralement en milieu urbain. Le plus souvent, ils aiment les carrefours, les endroits populeux. Pour eux la ville n'est jamais assez dense. Il leur faut une scène vaste, un public nombreux, un palais des sports, une foire internationale d'art contemporain. Ils s'exhibent dans les bouches de métro, les rues passantes, les marchés, les halls de gare. Ils jouissent de la lumière autant qu'ils le peuvent, avant la grande désolation du soir. Ils font des installations originales, que cependant les mécènes et les institutions culturelles ne daignent pas subventionner.

Les corps errants sont éphémères. On croit s'y habituer comme à des monuments, puis ils disparaissent. Les hôpitaux les recueillent durant quelque temps ou pour la vie. Ils meurent à tous âges, chaque jour, écrasés par une folie circulante, portant comme des tatouages toutes nos misères : le poids du chagrin, le *tædium vitæ*, l'humiliation, la maltraitance, le harcèlement, le burn-out, l'hystérie, l'apathie, la souffrance au travail, le manque d'amis, les épreuves successives, la violence faite à soi-même, l'insensibilité générale… Après nous avoir signifié, tout au long de leur demi-vie ou de leur vivance, que des forces terribles nous menacent, qu'il faut se remparer, ils s'éteignent dans l'indifférence, comme si cette fin ne faisait que confirmer notre condition sur la terre.

Souvent ils vont à l'essentiel : la vie, la mort, l'amour, la haine, la peur du monde, la relation à l'autre, le désir de reconnaissance. Ils expriment admirablement nos névroses banales, notre fatigue de nous-mêmes, notre fureur chronique à fleur de peau, nos entraves matérielles, l'encombrement des choses, le malaise de nos corps, la tristesse quotidienne que produit en nous le sentiment de la fugacité, toutes les entraves qui contrarient la fraîcheur de vivre.

Ils ne s'habillent pas, ils s'accoutrent, s'affublent, se nippent, superposent des fringues, projettent la nudité de l'homme dans un habit d'Arlequin. Aucun vêtement ne leur suffit, aucun ne convient à leur multiplicité de fou, ce pour quoi il leur faut des couleurs, des chapeaux ou plutôt des galurins, des choses qui marquent, qui distinguent, qui se repèrent en un coup d'œil.

Les passants affairés s'y habituent comme à l'idiot du village. Pas moi. Je ne parviens pas à ignorer les corps errants dans la foule, les folies anonymes qui hantent la misère en milieu urbain. Les discours délirants m'émeuvent. Je cherche à travers eux une révélation. Je cours après une énigme. Cette curiosité maladive me met parfois dans des situations dangereuses. Dans tous les endroits hantés par les corps errants, et jusque dans les lieux dits de travail, je ne manque pas une occasion d'observer les manifestations du délabrement psychique, le spectre de ses figures, de ses variations, de ses spécimens les plus divers.

Quelquefois, par solidarité, j'ai envie de hurler avec eux, de harponner les autres, tous les autres si indifférents, si pressés, si blindés de normalité. Ceux qui passent sans mot dire. Car l'indifférence est générale, et que veut un fou avec ses moyens si particuliers, ses mimiques si étranges, son habillement incongru, ostentatoire, multicolore, avec ce corps exhibé, signalisé, fait pour accrocher les regards, avec cette maison ambulante, ces sacs plastique, ces affaires disparates qu'il transporte sans destination, que veut-il, sinon mettre fin à ce flux indistinct, tenter de saisir enfin, dans le flot continu des passants qui sans répit circulent, une attention, une reconnaissance ?

Dans les cafés, dans les rues, les fous harcèlent, demandent, intiment. Ils aimeraient que la ville soit un village, tâchent de former autour d'eux un cercle d'attentions, une réunion de passants qui s'arrêteraient pour eux, rien que pour eux, enfants, vieillards, badauds, peu importe. Ils veulent le monde à leur chevet. Qu'on ne les laisse pas seuls. Qu'on ne les ignore pas.

Dans les bus, dans le métro, seuls les psychotiques cherchent à briser la vitre qui nous sépare, nous visages fermés et glaçants, prêts chaque jour à mourir, contrefaisant les morts, déjà. Dispersés dans la ville, quelques corps errants prennent en charge nos angoisses. Ils en font une mise en scène, un spectacle de rue, un théâtre furieux. La folie, c'est une occupation de l'espace.

Un corps errant n'est semblable à aucun autre, mais tous ont une parenté.

Il arrive qu'un passant s'arrête. Non sans risque. S'il restait un peu trop longtemps en compagnie du fou notoire, s'il prêtait trop attention à l'exubérance du ravagé ou à son silence spectral, qui sait s'il ne se laisserait pas emporter, lui aussi ? Qui sait si, pris de vertige, il ne basculerait pas à vie dans la souffrance d'une demande sans adresse ? Il compatit un peu, s'attriste, s'expose au risque d'être pris à partie. Repart avant de se sentir trop affaibli. Parfois, je suis ce passant.

*

La chef de service a demandé à me voir. Elle veut me parler de Constance et surtout de mes rapports avec Constance. De la place qui est la mienne. Elle m'observe derrière ses grosses lunettes. Je la soupçonne de me juger. Les mots sortent lentement de sa bouche comme si elle les pesait un à un, comme si elle voulait que je sois suspendu à ses lèvres. Elle laisse s'installer de grands silences, comme dans les films. Sans doute ne peut-elle faire autrement. Par moments, j'éprouve presque de la compassion. Cette femme manque d'amour, ça se voit à l'œil nu. Ce ne doit pas être rose tous les jours. Une expression me fait sursauter. « Schizophrénie paranoïde », dit-elle à propos de Constance, en insistant sur « paranoïde ». « Elle a besoin de voir ses proches », dit-elle à plusieurs reprises. J'ai quitté son bureau avec soulagement.

Faut-il considérer que les « proches », puisqu'on les appelle ainsi, sont un bienfait pour les schizophrènes ? Je n'en suis pas sûr. Je lis beaucoup de choses là-dessus, depuis la maladie de Constance. Ce mot, maladie, ne convient pas, mais quel est le mot ? Au retour de la clinique, dans mon carnet, intitulé « Histoire de Constance », j'ai noté deux points de vue contradictoires. D'après le docteur Richarz, qui soignait Schumann à la clinique d'Endenich, « le contact des malades avec leur famille et d'autres personnes de leur entourage est très salutaire ». Autenrieth, le médecin auquel a été confié Hölderlin à la clinique de Tübingen, pensait le contraire. « Peut-être un fou ne guérira-t-il jamais au sein de sa famille, car le malade, atteint d'abord d'un malaise encore vague, en cherche souvent la cause dans son entourage alors qu'elle est en lui ; la vie et la fréquentation de ces objets ne cessent de le conforter dans cette erreur ; bientôt, il trouve insupportable l'opposition des siens qui veulent le guérir et l'empêcher de commettre des actes insensés ; et il projette sur eux une haine d'autant plus vive qu'il espérait justement trouver en eux ceux qui l'aideraient à atteindre le but des mouvements qui l'entraînent. »

*

J'étais en train de prendre des notes sur la schizophrénie, je n'avais rien mangé de la journée et m'apprêtais à ressortir pour marcher, quand je reçois un courriel laconique de Laetitia : « Sandor, tu pourrais venir me voir à 18 heures ? Ça me ferait plaisir. » Elle me donne son adresse. C'est à l'autre bout de la ville mais je ne veux pas me défiler. J'ai l'impression que Laetitia va me livrer un secret à propos de Constance. Qu'elle va me parler à moi comme on ne peut parler à son père.

Décidément, je ne fais plus que ça, rendre visite. Mon père, Constance, ma mère. Et maintenant, Laetitia.

Je fonce vers le métro, sur le chemin je croise un type avec des cheveux longs et gris, qui répète comme une ritournelle : « Ah les cons ! c'est pas d'leur faute, ils sont nés cons. Mais ils sont masos. Et ils sont cons. Ils sont nés cons, c'est pas d'leur faute. » Je suis pressé, mais ne peux m'empêcher de le regarder. Il me dit : « C'est pas vrai, monsieur ? » Oui, en gros j'approuve, j'aimerais approfondir avec lui, mais Laetitia m'attend.

Chez Laetitia, c'est pire que ce que j'avais pu imaginer. Au rez-de-chaussée d'un immeuble assez bien entretenu, un studio sans doute autrefois coquet, devenu un antre immonde. Vaisselle sale empilée, détritus répandus sur le carrelage, ampoules grillées, sacs-poubelle jetés en tas... Elle se tient assise, voûtée, prostrée au milieu de cette puanteur, presque mutique, toujours très maquillée, cheveux teints noir corbeau, ongles immenses... Une allure hagarde d'enfant perdu. Cette fois, c'est moi qui fais la conversation.

Je me suis demandé pourquoi elle tenait tellement à ce que je vienne. Je raisonne trop.

*

Joseph vient de mourir. J'ai pleuré comme jamais. Et j'ai encore pleuré quand il a fallu mettre ma mère, à son tour, dans une maison médicalisée. C'est elle maintenant qui se met à dérailler.

Ici, personne ne songe à sortir. Cependant, un panneau a été fixé sur la porte d'entrée : « Attention aux fugues. Bien veiller à refermer la porte derrière soi. » Dans les chambres, les tables de nuit sont collées à deux carreaux du lit. Personnel assez attentif dans l'ensemble. Parc luxuriant, rarement fréquenté par les pensionnaires. La vie frétille tout autour. Quartier animé. Commerces proches. On est en octobre. Non loin de là se tient la traditionnelle fête foraine. Cela dit, elle se déroulerait en Asie qu'elle ne serait pas plus loin de cette grande bâtisse close sur elle-même, à l'écart de tout, où les existences se finissent, où les corps sont radicalement retirés.

La directrice soumet chaque nouvel arrivant à un interrogatoire. Il s'agit de savoir s'il a toute sa tête. Est-ce que vous vous souvenez de votre date de naissance ? « Ma naissance, non, mais la date oui », a répondu ma mère. Combien avez-vous d'enfants ? Comment s'appellent-ils ? Et votre père ? Ma mère a parfois des absences, ainsi parfois elle m'appelle papa.

Avoir vécu individuellement, intimement, sa vie dans une maison ou un appartement, et se retrouver là, dans cette communauté forcée, au milieu des Alzheimer, des chaises roulantes, des Parkinson, des démences séniles, tout un peuplement de solitaires rassemblés, jetés dans l'arène de cet espace semi-public…

Maintenant quand Edmée m'appelle, tout à coup elle ne peut plus dire un mot, j'entends juste un souffle saccadé, presque un râle, je lui dis maman, maman, elle ne répond plus. Au bout d'un moment, il me faut bien raccrocher. Je la rappelle. En vain. Je souffre pour elle. Ysé aussi. Edmée était sa mère par procuration. Elle va la voir régulièrement.

Je sors, je marche, je m'épuise. Je retourne voir ma mère. Je me suis attaché à une autre pensionnaire, madame Blum. Madame Blum : tête d'oiseau blessé, de vilain oiseau. Profil de perroquet. Pas de dents. Le plus souvent elle dit : « Je voudrais mourir. » Quelquefois, elle sourit. Ses yeux brillent alors comme ceux d'une jeune fille. En cet instant, elle est presque jolie.

L'expression favorite de madame Blum, c'est : « nul et non avenu ». Personne ne rend visite à madame Blum, jamais. Je lui demande régulièrement, avec une sorte de gêne : « Comment ça va ? » Madame Blum me répond invariablement : « Comme ci comme ça. » Elle dit aussi : « Je ne veux pas voir mes fils. Ils viennent demain ? Non, je ne veux pas les voir. » Et puis elle ajoute : « Ce n'est pas bien, hein ? Ah, si c'est lundi qu'ils viennent et pas demain, alors ça va. »

Quand je rappelle à ma mère sa date de naissance et l'année courante, elle prend un air pensif. « Où est-ce que j'habite ? » me dit-elle. Après un silence, elle ajoute : « Je comprends pas pourquoi on est là. C'est un peu comme une maison de retraite. »

Au retour de l'hôpital, phlébite soignée : « Je ne suis ici que pour deux trois jours de vacances, après je rentre chez moi. »

Par une étrange coïncidence, ce jour-là, j'ai rencontré Rachel. La séduisante Rachel Nadjar, si enjouée dans ce cadre sinistre. Elle aussi, elle vient voir sa mère chaque semaine. On s'est connus à Sciences Po, il y a à peu près vingt ans, non, presque trente, et jamais revus depuis. Elle a vécu longtemps à l'étranger. Nous sommes nés tous deux la même année, 1968. Ça nous amusait. Elle me dit : « Tu te souviens que tu voulais tout plaquer, te retirer à la campagne pour devenir écrivain ? » Oui, c'est vrai. J'avais presque oublié. C'est comme si, grâce à Rachel, un pan heureux de mon passé ressurgissait. On échange nos numéros de téléphone. On se promet de se voir au-dehors. Je considère cette rencontre, dans ce lieu, à ce moment de ma vie, comme un augure. Augure de quoi, je ne sais pas.

Peu de temps après, maman m'a dit au téléphone, entre deux silences, que c'était la fin. Ça a été la fin. Un an après

Joseph. L'événement ne se réduit pas à sa tristesse singulière. Jusqu'à maintenant, la mort en général m'avait paru probable, mais pas certaine.

*

Je suis retourné chez Sylvain.

« C'est le grand effondrement, lui ai-je dit d'entrée.

– T'exagères pas un peu ?

– Tu vas voir. »

Je lui raconte. Je récapitule mes malheurs : la double mort, celle de Joseph puis celle d'Edmée, presque coup sur coup, l'aboulie d'Adrien, la chute irrémédiable de Constance... « Tu devrais aller voir Alexandre, me dit Sylvain. Il tient debout, lui. »

C'est vrai, il semble intact, Alexandre. Comme préservé du tsunami familial. Il vient de s'installer à Bruxelles. Il me remontera peut-être le moral. Justement, à Bruxelles, il y a un colloque sur « folie et littérature ». Je l'appelle pour lui demander si je peux venir le voir.

« Oui, papa, ça nous fera très plaisir, et puis on a une nouvelle à t'annoncer.

– Tu veux pas me la dire tout de suite, ta nouvelle ?

– Non non, c'est mieux de vive voix. »

J'ai pris un billet pour Bruxelles. Près de la gare du Nord, j'entends le kiosquier, une petite cinquantaine comme moi, très mince, rougeaud, les oreilles décollées, qui discute avec une dame : « Moi j'étais gros quand j'avais vingt ans. » Après que la dame est repartie avec *La Croix*, je ne peux m'empêcher de dire au kiosquier : « Souvent, c'est le contraire. » Il me répond : « À vingt ans, une copine m'a dit que j'avais du ventre. Depuis, je fais attention, je ne mange presque rien le soir, je fais du sport, je me pèse tous les jours. »

Je fais semblant de l'approuver puis je parcours *Le Monde* en marchant. Le rapport du GIEC occupe quatre pages, la déforestation et la fonte des glaces, deux pages, la recrudescence des actes antisémites, deux autres pages. Ça fait peut-être deux mois que je n'ai pas lu les journaux, que je ne regarde pas la télé, que je n'écoute pas la radio. Pourquoi ajouter au malheur intime les problèmes de l'humanité et, en plus, ceux du cosmos ?

À la gare du Midi à Bruxelles, posté à l'endroit où les voyageurs cherchent la sortie, un homme installé sur un banc encombré de chapeaux et d'un tas d'objets hétéroclites. Il scrute autour de lui sans croiser un regard, écrit compulsivement dans un carnet, se lève, ouvre et referme son sac à dos, met un de ses galurins, l'enlève, s'assoit de nouveau. Traversé de rires soudains. Visage à la Dostoïevski, petit bouc, regard bleu d'enfant étonné ou de poète illuminé. Je l'ajoute à mon herbier psychotique.

Un taxi m'a déposé devant chez Alexandre. Ils habitent le quartier Saint-Gilles. Je demande à Adèle : « Alors, cette nouvelle ?

– Si ça ne t'ennuie pas, on te la dit ce soir. Alexandre m'a fait promettre de ne rien révéler avant son retour. »

Le soir, on m'annonce ce que je pressentais. Adèle est enceinte. C'est à leurs yeux un événement inouï. Ils rayonnent de bonheur. Leur maison est merveilleuse, le quartier formidable, les Belges adorables et le multiculturalisme de Bruxelles exaltant. De plus, comme il fallait s'y attendre, Alexandre est très heureux de son nouveau travail. Il est maintenant, me dit-il, consultant en management de projets en transition. Je lui ai demandé des explications. Elles ne m'ont pas vraiment éclairé. J'ai pensé que le langage d'Alexandre était identique à celui de Mathias. Ça m'a attristé.

Le lendemain, au colloque « littérature et folie » à l'Université libre de Bruxelles, le public est très clairsemé. Quelques enseignants, essentiellement des participants au colloque, trois ou quatre doctorants, deux ou trois curieux comme moi. Un professeur nous fait écouter la conférence d'Artaud au théâtre du Vieux-Colombier. À travers la voix torturée, j'entends une autre voix, celle de Constance. Constance rime avec souffrance, voilà ce à quoi je songe tout à coup. Je note la définition de l'« aliéné authentique » selon Artaud : « C'est un homme qui a préféré devenir fou dans le sens où socialement on l'entend, plutôt que de forfaire à une idée supérieure de l'honneur humain. » Mais qui préfère devenir fou ? Certainement pas Constance. Elle ne préfère rien. Alors, elle ne serait pas une « aliénée authentique » ? En revanche, Artaud me bouleverse quand il dit à propos de Van Gogh : « Le corps sous la peau est une usine surchauffée. » Constance, c'est ça. Moi aussi d'ailleurs, quelquefois.

Après le spécialiste d'Artaud, un jeune doctorant nous parle de « Flaubert et la folie » en lisant son papier avec application. Je note des phrases qu'il cite de la correspondance. À son ami Alfred Le Poittevin : « J'attire les fous et les animaux. Est-ce parce qu'ils devinent que je les comprends, parce qu'ils sentent que j'entre dans leur monde ? » À Louise Colet : « Oh ! Comme on se sent près de la folie quelquefois, moi surtout ! Tu sais mon influence sur les fous et comme ils m'aiment ! » Je le trouve bien serein, Flaubert, à propos des fous, bien désinvolte. Les fous ne m'amusent pas comme lui.

Maintenant, c'est un maître de conférences qui fait sa communication sur le rapport des surréalistes à la folie. Il nous a distribué une feuille de citations. Je lis qu'à la Salpêtrière, les surréalistes s'adonnaient à l'observation d'un « type parfait de l'hystérie », « la délicieuse X. L. entrée à la Salpêtrière dans le service du docteur Charcot, le 21 octobre 1875, à l'âge de 15 ans ½ ». Délicieuse ? Au contact des fous, je ne partage pas cet enthousiasme. Je suis sans doute trop vulnérable. La matinée se termine avec une intervention sur Deleuze. D'après ce que je comprends, selon Deleuze, la schizophrénie serait un grand oui au flux du désir, le schizo est un prophète, il y a une beauté chez le schizo. Je me demande si les universitaires et les philosophes fréquentent la folie de près.

Pour le dîner, Adèle avait préparé un waterzoï de poulet. La conversation a suivi son cours : le ski en Autriche, le badminton à Bruxelles, les « projets en transition » d'Alexandre, le nouveau poste d'Adèle… À un moment où j'étais seul avec Alexandre, je me suis entendu dire : « Je n'avais pas imaginé l'impression de solitude que ça me donnerait, la disparition presque coup sur coup de Joseph et d'Edmée. » Il m'a alors semblé qu'Alexandre me regardait d'un drôle d'air. Quand j'ai parlé de Constance, il est passé à un autre sujet. J'aurais dû me réjouir de ce séjour belge, de la bonne santé mentale d'Alexandre et d'Adèle. Je suis reparti étrangement contrarié.

*

Constance est sortie de la clinique. Après être restée quelque temps chez Ysé qui veillait à ce qu'elle prenne ses antipsychotiques, elle habite maintenant ce qu'on appelle un appartement thérapeutique. Habiter n'est pas le mot. L'infirmière qui s'occupe d'elle nous dit que pour le voisinage, Constance est une calamité. Elle change les noms sur les boîtes aux lettres, fugue régulièrement, achète des tas de choses inutiles. On l'a soupçonnée d'avoir mis le feu dans la cage d'escalier en faisant brûler de vieux journaux. Il arrive qu'elle hurle la nuit. Au commissariat, à la suite d'une nouvelle plainte, elle a dit dans ses larmes au policier qui prenait sa déposition : « Ce n'est pas moi, ce sont des petites filles. » Nous avons décidé de la mettre sous tutelle. Jusqu'à maintenant, elle était sous curatelle renforcée. Je dis encore nous. Avec Ysé, nous sommes séparés, mais Constance crée un lien auquel nous ne pouvons échapper.

Constance est venue me voir à l'improviste. Les antidépresseurs lui font le visage boursouflé. Elle me dit : « Papa, quand tu seras en maison de retraite, je voudrais une chambre à côté de toi. » Elle parle à flux continu, marche de long en large en balançant les bras. Au bout d'une heure, elle s'effondre. Ne parle plus que par borborygmes. Je l'ai étendue sur le divan, lui ai caressé les cheveux, lui ai fait un baiser sur le front, lui ai donné un médicament, puis je l'ai ramenée à l'hôpital de jour.

Je me souviens quand je l'emmenais dans les squares. J'étais si heureux d'avoir une fille. Une fille, après mes trois garçons. J'avais l'impression que je serais plus proche d'elle. Déjà Alexandre, Adrien et Ambroise commençaient à s'éloigner. La vie était encore assez joyeuse dans l'ensemble. Je pensais qu'avec une fille, j'allais me sentir en complicité. J'ai toujours plus communiqué avec les filles. Elle était charmante, Constance, toute petite. J'ai beau chercher des signes annonciateurs, je n'en vois pas. Un peu nerveuse, peut-être. Une crise, parfois. Mais enfin rien qui puisse nettement préjuger de la suite. Sa joliesse semblait lui donner une certaine assurance. J'étais si fier d'elle quand elle dansait devant les parents pour le spectacle de fin d'année. Lycéenne, elle avait encore des amies. Elle a passé le bac avec facilité. A raté de peu la première année de médecine. L'année suivante, le cauchemar commençait. Fugues, délires de persécution, asthénie, agitation extrême, harcèlement téléphonique…

Après minuit, je coupe mon téléphone. Sans doute que Constance appelle encore. Quand la ville se dépeuple, quand les autres retrouvent leur chez-soi, elle est rendue à sa propre nuit. Sa nuit noir et blanc. Elle veut pouvoir éponger la douleur d'être séparée des autres, remédier à tout instant à l'absence d'autrui. Son angoisse veille sans répit. Pourquoi nous laisserait-elle alors dormir en paix, nous tous, proches parents, cousins éloignés, anciens amis, rencontres de hasard, inconnus qui ont eu la faiblesse de lui laisser leurs coordonnées, nous tous, tant que nous n'avons pas changé notre numéro, tant que nous n'avons pas opté pour la liste rouge ? À n'importe quelle heure de la nuit. Au rythme d'une désolation qui troue le temps, qui ne compte pas les heures, qui ignore tous les signes de ce qu'on nomme le réel.

*

Au premier abord, Rachel rayonne. Et qu'est-ce qu'elle est drôle ! Drôle et séduisante. Elle donne le change. Pas avec moi. Au café de la Manille où nous nous sommes fixé rendez-vous, la conversation a d'emblée pris un tour mélancolique. Elle a ôté son masque et m'a fait entrer dans son existence. Depuis qu'elle a quitté le dernier amant d'une longue série noire, elle dévore des romans. Il y a quelques années, elle est tombée dans une terrible dépression. Il lui est arrivé de passer l'été dans une solitude totale et choisie. Au fur et à mesure qu'elle m'expose ses malheurs, elle les chasse d'un rire exorcisant. « Maintenant, me dit-elle, je préfère les livres aux hommes. » Ma vision de Rachel a brusquement changé.

Je lui ai un peu raconté Constance. On s'est repris un kir. Elle m'a parlé de Victor, son frère. Après avoir passé le CAPES de lettres, il avait été nommé pour son premier poste dans un lycée à Digoin, en Saône-et-Loire. Peu de temps après, il est allé voir le commissaire de police. « Je commence à connaître tous les secrets de Digoin, lui a-t-il déclaré. Tous les scandales, toutes les horreurs. De drôles de choses se passent ici, et c'est moi qui en ai connaissance. Nous sommes entourés d'espions, monsieur le commissaire, et je ne vais pas pouvoir tenir ma langue plus longtemps. Il faut aussi que mes élèves sachent tout. » Après l'entretien, le commissaire a prévenu le proviseur du lycée, lequel a convoqué Victor, puis alerté le rectorat. Victor a été mis à pied. Depuis il est pensionné de la MGEN. Entretemps on l'avait retrouvé étendu dans un duvet, les bras en croix, face au Christ de la basilique de Paray-le-Monial où il avait, semble-t-il, passé la nuit.

Rachel et moi, nous avons éprouvé la même stupeur en lisant des textes glaçants, dans le genre : « La schizophrénie paranoïde, également appelée schizophrénie de type paranoïaque, est un sous-type de schizophrénie tel que défini dans le *Manuel diagnostique et statistique des troubles mentaux*. La schizophrénie paranoïde est une maladie dont on ne guérit pas. » Victor, ce n'est pas le même cas que Constance. Quand son petit frère a commencé à délirer, Rachel a tenté l'impossible pour le sauver. Maintenant, il lui arrive de l'emmener en vacances.

Avec Rachel, on s'est dit d'un commun accord : il y a deux catégories de personnes, celles qui ont eu affaire à la folie de près, dans leur famille proche, et les autres. Je me suis trouvé une sœur de détresse.

II

Mathias m'a encore appelé. Cette fois, je lui ai dit la vérité. J'ai entendu ma voix déclarer avec résolution : « Je ne reprendrai jamais ce travail. » Il y a d'abord eu un petit silence, un silence inaccoutumé chez Mathias, puis il a repris le fil de son discours. Je lui ai dit : « Non, c'est non. » Et j'ai raccroché. Dans l'instant qui a suivi, j'ai éprouvé une sorte de soulagement. Je me suis senti comme désentravé. Je vais pouvoir continuer mes recherches.

Le lendemain, je me suis rendu à une conférence sur la folie, donnée par un spécialiste de la psychose paranoïde. Je ne voulais pas être en retard, je marchais vite, je parlais tout seul, une femme m'a dépassé, pantalon de jogging, sweat-shirt, bonnet, hardes, vieux pataugas, marmonnant, ruminant. Je l'ai nommée la marcheuse rumineuse.

La conférence était soporifique, quoique très documentée. Assis à côté de moi, un homme assez jeune sans doute, mais surtout sans âge, avide de savoir, lui aussi. Un peu négligé de sa personne. Il semble assoupi. Des mots lui viennent, cependant. Il s'adresse à moi. Parle de plus en plus fort. Je lui demande de baisser le ton. Le conférencier me regarde d'un air sévère. Le type dit : « Excusez-moi » et recommence. À la fin, il se lève à mon rythme, me suit, me dit qu'à moi au moins il peut parler, que je ne suis pas comme les autres. « Je connais parfaitement mon cas, je suis un schizophrène mystique », précise-t-il en m'expliquant le détail de ses symptômes et le caractère de sa maladie avec des termes cliniques. Il est en pleine crise religieuse. Il entend des voix. « Des âmes errantes sont entrées en moi, me dit-il. Ce n'est pas agréable, je suis possédé par des âmes inquiètes qui ont commis de terribles fautes et qui n'ont pas réintégré leur spectre, il y a parmi elles des violeurs et des pédophiles, des criminels de guerre, il faut attendre un cycle long, sept ans au moins, avant qu'elles me lâchent. » Quelques mots obscènes font irruption dans le cours de sa phrase. Je prétexte un rendez-vous, lui dis au revoir, j'accélère le pas, il fait de même, nous sommes tout près de chez moi. Je l'invite dans un café proche. Là, une fois que nous sommes installés, au moment où il m'expose un chapitre d'un séminaire de Lacan sur les psychoses, je me lève comme pour aller aux toilettes et, connaissant une porte dérobée, je m'esquive.

*

Est-ce que j'attire les fous, ou bien est-ce que c'est moi qui cherche leur compagnie ? Quelquefois j'aimerais échapper à cette manie qui est la mienne, décider de ne plus prêter attention. Mais les corps errants saisissent comme personne les fragilités alentour. Même quand je joue l'indifférence et voudrais détourner le regard, un désespéré m'approche, croyant à juste titre sentir en moi une disponibilité. Dans les manifestations culturelles, s'il y a un fou dans la salle, je n'y coupe pas, il fond sur moi, s'assoit immanquablement sur le siège à côté du mien, cherche mon regard, m'adresse la parole sans me demander mon avis, et ne me lâche plus. Je leur inspire confiance, sans doute.

Leur compagnie n'est pas d'un bienfait notable. En même temps, elle élève. Vivre dans cette proximité est une souffrance mais aussi, peut-être, la promesse d'un autre rapport au monde. Les fous ignorent l'emploi du temps. Ils nous rendent métaphysiques.

Ma fibre compassionnelle à l'égard des ravages de la folie n'est pas seulement liée à la chute de Constance. Ni à la mélancolie de mon père. C'est une vocation ancienne. Depuis longtemps je me sens concerné. Depuis longtemps je vis dans la compagnie des âmes fêlées. Le côtoiement de la folie fait peser sur moi comme une menace. Il m'adosse à un risque. Le détachement m'est impossible. Mon destin est lié à celui des êtres affligés. Je fréquente volontiers des torturés de l'intérieur, mal dans leur sac de peau. Souvent, je n'ai pas le choix : ils viennent à moi. Je ne prétends pas les consoler, ni alléger leur détresse. Cependant, certains d'entre eux me prennent quelque temps pour un garde-fou, après quoi, en principe, je les perds de vue. Mon empathie n'est pas réservée à la maladie mentale, à la souffrance absolue de la folie irrémédiable. Elle s'adresse aussi à tous ceux qui ne sont pas passés de l'autre côté, pas encore.

*

Avec Rachel on se fixe régulièrement des rendez-vous, on se raconte nos blessés en buvant des kirs. J'ai trouvé à qui me confier. Aujourd'hui, je lui raconte un peu Nadia.

Nadia, mon héroïne. Je ne suis jamais lassé par le récit de son histoire personnelle. Il est émouvant. Riche en rebondissements. Je cherche à comprendre. Quand je l'ai connue, on pouvait imaginer le pire. Elle tenait admirablement le coup, vu les circonstances. Nous sommes devenus amis. Un jour elle a disparu. Et voici qu'après quatre ans de silence, elle refait surface. « Hello Sandor, comment vas-tu ? » Son message est laconique, mon cœur bat la chamade, je lui écris aussitôt : « Merci pour ce signe amical, chère Nadia. Ça me fait vraiment plaisir. Je vais très bien. N'hésite pas à me donner de tes nouvelles ! » Elle me répond : « Alors, si, j'hésite, Sandor, j'hésite même beaucoup à te donner de mes nouvelles. » En effet, ces quatre années ont été intenses. Après avoir quitté définitivement son travail, Nadia a eu des problèmes de dos, de cervicales, de cœur (une péricardite), de perte de poids, d'addictions diverses. Elle a été mise en invalidité. Son amant a eu un enfant avec une autre (il en avait déjà quatre dont il ne s'occupait pas). Sa mère a accueilli cinquante-trois chiens dans une maison dont Nadia payait le loyer. Le montant des dégradations s'est élevé à cent mille euros. À la suite de trois procès perdus, Nadia a dû déposer un dossier de surendettement. Son appartement a été vendu par le propriétaire, il lui a fallu déménager. Elle occupe maintenant un quatrième étage qui domine un cimetière et vit avec Saperli et Popette, ses deux chats. Ses semaines sont ponctuées de rendez-vous chez le psy, le médecin, le kiné.

« Alors, bof, conclut Nadia, ça va pas trop. »

*

Aujourd'hui, visite d'Ambroise. Je ne sais rien dire d'autre à son propos que : « Un éclair de joie dans mon tunnel de malheurs. » C'est ainsi. Quoi qu'il dise, quel que soit son avenir, Ambroise est actuellement ma consolation. Je me sens relié à lui plus que par un lien filial. J'aime mes trois fils, je les appelle mes A, mais avec Ambroise, j'avoue éprouver une affinité particulière. Et puis c'est le seul de mes trois garçons qui semble s'intéresser à moi. Le seul qui manifeste sa tendresse. Adrien est devant ses écrans, Alexandre est workaholic, et Ambroise, lui, il est un peu comme moi : flottant, à fleur de peau, obsessionnel, sensible à l'extrême. Son affect a épousé une cause. Ce n'est pas tout à fait la mienne. Il doit y avoir des liens. Son nouveau projet, c'est une formation de charpentier au Canada. J'ai dit : « Super, Ambroise, c'est un beau projet. »

Quand j'ai voulu lui offrir un café, il a vu les capsules et m'a dit sur un ton de douceur, comme lorsqu'on raisonne les enfants : « Papa, tu devrais boycotter Nespresso. » J'ai répondu : « Tu as raison, Ambroise, je vais reprendre ma cafetière à filtre. » J'ai pensé : Il y aurait tant de choses à boycotter.

Je ne sais pas si on parlait de la même chose, on est cependant tombés d'accord. Ambroise veut plus que jamais sauver la planète. Je me demande si ce n'est pas l'idée de sauver la planète qui le sauve. Manifestement, il est en train d'essayer de donner du sens à sa vie. Il me parle de sobriété heureuse. Beau programme. Moi ces temps-ci, c'est plutôt ébriété malheureuse, mais ça se rejoint. À vrai dire, ma cause à moi est plus englobante et métaphysique, plus désespérée encore, mais je ne me risquerais pas à la lui expliquer.

Peu de temps avant de partir, Ambroise m'a dit avec un air de sollicitude : « Ton appartement est vraiment trop grand. Tu te rends compte, si tous les hommes seuls comme toi occupaient cent dix mètres carrés ? Calcule l'empreinte carbone. Et puis on doit se sentir encore plus seul, au milieu de tant de pièces. » Il a vu ma mine. « Excuse-moi, a-t-il ajouté, c'est plus fort que moi. Après tout, s'il te faut un grand espace, je comprends. Ce doit être dur pour toi, en ce moment. » Il m'a embrassé comme il le fait toujours, avec chaleur.

Nos névroses ont pris deux voies différentes : lui, la cosmologique, moi, l'existentielle.

*

Juste après le départ d'Ambroise, Abdil me téléphone de la clinique. « Je suis dans un cycle maniaque, me dit-il. J'ai encore déconné. Quand je suis dehors, je peux pas résister aux psychotropes. Je suis mieux ici. Je vais m'en sortir. Enfin je sais pas. C'est plus fort que moi. J'analyse tout, je comprends tout et je recommence. » Je reconnaîtrais entre mille la voix d'Abdil. Au collège, c'était le meilleur copain d'Ambroise. Il était si attachant, si adorable. Adorable, mais agité. À côté d'Abdil, Ambroise était un modèle d'équilibre.

Pendant son adolescence, dès qu'il se sentait en danger, Abdil m'appelait. Son père me disait souvent : « Heureusement que tu es là. Tu es un point d'ancrage pour Abdil. » À croire que j'étais solide, à l'époque. J'étais plus un point d'ancrage pour Abdil, sans doute, que pour mes propres enfants. Il m'avait même donné à lire son journal intime. C'est dire s'il avait confiance. C'était truffé de drôleries, de finesses, de dessins. Il exultait et déprimait tour à tour. Souvent, il manifestait sa joie. Avec une exubérance qu'on pouvait trouver excessive. Enfant par excellence. Piquant des colères. Affectueux en diable. Cyclothymique. Trop emporté, trop exalté, trop en manque d'affection, trop tout. Une jalousie féroce, des fureurs explosives. Un jour, il a défoncé la porte du collège.

Abdil était très doué pour le dessin. On l'imaginait bien faire célèbre dessinateur de BD. Il a fait maniaco-dépressif, et je souffre pour lui. Je l'écoute. Parfois, je ne suis plus qu'une oreille.

*

À peine Abdil vient-il de raccrocher que Constance m'appelle. Dans les mains d'un écorché mental, le téléphone multiplie les SOS. Tant qu'il y a quelqu'un au bout du fil, on garde un peu d'espoir. C'est étonnant comme je suis seul et comme on m'appelle souvent. Entre ces deux faits, je me demande s'il n'y a pas corrélation. Le portable est devenu un personnage central de mon existence. C'est mon addiction numéro un, à égalité avec l'alcool. Quand je le perds, je suis plus malheureux encore que d'ordinaire. Je me sens amputé. Quelquefois je me demande si je n'habite pas mon portable. J'admire ceux qui s'en passent. J'aimerais être comme eux. Depuis ma plongée dans les ténèbres, il me sauve, le portable. Sans lui, je ne serais plus du tout au monde. Quand il sonne, c'est que j'existe encore un peu. J'appelle, moi aussi. Il m'arrive de consulter ma liste de contacts ou un vieil agenda pour ranimer un ami perdu de vue. Ce peut être vingt ans après, mais ça file si vite, vingt ans. Je ne voudrais pas qu'ils s'éteignent, mes amis perdus, sans qu'on se soit dit auparavant quelques mots d'affection. Quand j'y pense, j'aimerais même oser les mettre à l'épreuve, mes vieux, mes chers amis éloignés ; les appeler dans la nuit, à la manière de mes fous, réveiller les morts pour voir s'ils sont prêts à répondre à l'appel, vérifier si la vie a un peu de continuité, sinon du sens.

Constance, c'est différent. Quand elle appelle au secours cinq ou six fois par jour, c'est une souffrance. À cause d'elle, après minuit, je coupe mes téléphones, fixe et portable. Pas vraiment pour dormir.

*

Au moment où Rachel est entrée dans le café de la Manille, j'étais en communication avec Volodia. Communication n'est pas le mot. J'ai tâché d'interrompre Volodia, de lui dire que je ne pouvais pas continuer, que j'avais un rendez-vous avec une amie, qu'elle venait d'arriver, mais je ne pouvais me défaire comme ça de Volodia. Volodia, après m'avoir parlé de Kafka, avait des choses à me dire sur Kierkegaard, j'ai senti sa détresse, il ne m'avait parlé que vingt minutes, il avait encore droit à dix de plus. J'ai fait signe à Rachel. Elle a immédiatement deviné mon problème, et quand j'ai pu enfin raccrocher, je lui ai expliqué Volodia.

Volodia est un ami de longue date, comme on dit. Un fou littéraire. Un psychotique extrêmement raffiné. Il utilisait très bien le fax aussi, à l'époque. Après ses appels, il m'envoyait des textes, de longues lettres sophistiquées, dans le genre des correspondances littéraires. Je l'avais rencontré à un spectacle de théâtre. On donnait *Le Roi Lear* aux Célestins. Il était assis à côté de moi. Ses parents l'accompagnaient. On avait causé. Je l'avais trouvé brillant. N'avais rien vu en lui de dément. Dans ces cas-là, je ne crois pas au hasard des fauteuils d'orchestre. Depuis cette soirée, il a pris l'habitude de me téléphoner longuement. Quand il m'appelle, je sais que j'en aurai à peu près pour une demi-heure. C'est long, une demi-heure à écouter. Heureusement, sa logorrhée est passionnante. Un florilège de mots d'esprit et de trouvailles.

En fin de compte, au bout de cette demi-heure où je n'ai eu qu'à tendre l'oreille, je crois bien qu'à son écoute, je me suis perfectionné.

« En fait, ai-je dit à Rachel, nous ne nous sommes jamais revus, avec Volodia, depuis *Le Roi Lear*. J'ai essayé. À chaque fois, il s'est défilé sous divers prétextes. Un ami commun m'a confirmé cette phobie. Quand on l'invite, Volodia pose toujours un lapin. J'ai appris par la suite qu'il ne se déplaçait jamais sans ses parents. Des parents aimants et sacrificiels, prêts à tout pour protéger leur fils des atteintes du monde. »

Rachel m'a dit : « Tu te souviens de Turpin ? Un grand type, il détonnait à Sciences Po, il n'était pas à sa place, manifestement. Encore plus poète que toi, Novick, enfin si c'est possible. Dans les rues, à minuit, il déclamait par cœur du Rimbaud, du Lautréamont, du Germain Nouveau. Il composait des poèmes hallucinés. On croyait qu'il avait de l'humour.

– Oui, je me souviens, vous faisiez du billard pendant des soirées entières dans une salle à l'ancienne, une sorte d'académie du billard. Une fois, je suis venu avec vous. J'avais l'impression que vous méditiez ensemble autour du tapis vert.

– Eh bien, Turpin, depuis que je suis rentrée en France et qu'il connaît mon numéro, il m'appelle presque chaque jour. Autant que mon frère Victor. Je ne peux pas ne pas lui répondre. Je suis la seule parmi ses ex-proches à ne pas avoir changé de numéro, et peut-être son unique correspondante dans le monde des vivants. »

On a commandé deux kirs. Un homme au comptoir parlait tout seul. On l'a regardé tous les deux avec attention. On s'est raconté nos histoires de branques. À la fac, où elle enseigne les sciences politiques, Rachel a eu affaire à des cas. En particulier, cet étudiant plus âgé que les autres qui se rendait en cours habillé en louveteau, foulard, short, jambes poilues, un peu rond. Manifestement un fils de famille. Il prenait la parole interminablement. Un jour, il a fallu le virer. Pendant les examens, il lui arrivait de monter sur la table et d'entonner le Gloria en latin. Quand il a été convoqué, il a exhibé son curriculum vitae : « Scout de France embauché dans l'entreprise de son père, qui a fait faillite un an après. » On l'a autorisé à se réinscrire. En quatrième année, il est venu voir Rachel : « Madame, je viens vous avertir que je ne ferai pas la rentrée cette année parce que j'ai été admis en hôpital psychiatrique. »

Depuis que je connais Rachel, je me sens moins seul avec mes fous, moins seul avec mon obsession de la mort. Notre relation prend un tour étrange. Nous cherchons à comprendre l'incompréhensible. Nous sondons la folie. Nous trouvons une sorte de plaisir maniaque à forer la souffrance. Depuis longtemps, Rachel pense à la mort chaque jour, et plusieurs fois dans la journée. Moi aussi, mais c'est plus récent. Tout cela ne nous empêche pas de rire.

*

Lancelot a réapparu. Lancelot, un autre revenant, un autre personnage de ma vie antérieure. Lui non plus, je ne pensais pas le retrouver. A-t-il eu l'intuition que dans ce moment j'avais besoin de lui ? Qu'il m'offrait comme une diversion ? J'éprouvais autrefois à son égard, il y a peut-être quinze ans, bien de la tendresse. Un déjanté symboliste et post-romantique. Hallucinations auditives, délire paranoïaque, syndrome de Baudelaire. Je n'ai jamais su vraiment quel rôle jouaient dans cette histoire les psychotropes. J'aurais aimé l'améliorer par des conseils. Les auteurs que j'avais aimés pendant mes deux années de khâgne, avant Sciences Po, il les connaissait par cœur : Michaux, Ginsberg, Artaud, Burroughs, De Quincey… Il m'arrivait de marcher dans la ville à ses côtés. Il me dépassait d'une tête, nous avions une vingtaine d'années de différence, mais nous n'en tenions pas compte, ou si peu. Je sentais en lui une violence que la poésie canalisait, pas au point de l'empêcher de donner des coups de tatane dans des poubelles, ou de répondre physiquement quand il se sentait moralement agressé. Il me rappelait de vieux copains perdus de vue, des paumés de mon âge que j'avais croisés autrefois, en série, et que je n'avais pas su aider. Et soudain, plus de nouvelles de Lancelot. Éclipse totale. Or, après cette longue absence où je devinais des séjours psychiatriques, il voulait me revoir.

« C'est important, me dit-il au téléphone, vraiment très important. Il y a urgence. » Il insiste, avec un voile mystérieux dans la voix. Le ton a changé. Il ne frime plus. « Vous allez comprendre pourquoi je n'ai pas donné signe de vie depuis un bon bout de temps », ajoute-t-il, augmentant le suspense. Avec Lancelot, on s'est toujours vouvoyés. L'écart d'âge, sans doute. On s'est donné rendez-vous dans un café, pas très loin de chez lui, je crois.

Il arrive avec un très gros paquet et un drôle d'air, le genre de figure qu'on fait quand on a peur d'avoir été suivi. Son visage est devenu un peu bouffi, ses yeux sont comme embués. Il porte un grand manteau style Armée du Salut. On s'embrasse, je lui commande un café, il semble très ému. Assez vite, il me dit : « Vous ne voulez pas voir ce que je vous ai apporté ?

– Si si, bien sûr, Lancelot. »

Il pose le gros paquet sur la table. Il l'ouvre.

Il y a d'abord et surtout, occupant tout l'espace entre nous, les œuvres complètes du négationniste Robert Faurisson. Il y a aussi, dans une sorte de classeur où l'on range des papiers précieux, la correspondance de Lancelot avec Jean-Marie Le Pen et avec Robert Faurisson. Correspondance est un peu exagéré. Ce sont des feuilles grand format, mais les messages sont dans l'ensemble assez laconiques, avec des signes de sympathie réciproque. « J'ai déconné, me dit Lancelot. C'est fini, maintenant. Vous êtes là, je suis là. J'ai honte. » Dans le sac, il y a aussi quelques DVD, en particulier *Baise-moi*, de Virginie Despentes, et *Dans la peau d'Ovidie*. Il veut se débarrasser de tout ça. Je ne vois pas bien le rapport entre Despentes, Ovidie et Faurisson, mais dans sa tête, il doit bien exister, ce rapport. Il me confie son gros paquet maudit, m'en fait non pas le dépositaire mais le pilonneur. Je participerai ainsi à la purgation. « Bon mais maintenant, lui dis-je, on passe à autre chose, Lancelot, d'accord ? » Il acquiesce. Me sentant investi d'une mission, je prends malgré moi une voix de flic justicier ou de confesseur, c'est un peu comme dans un film, et cependant, si on filmait la scène en direct, peut-être que personne ne croirait à sa réalité.

Ce soir-là, j'ai noté en marge de mon journal : « Quand les aliénations mentales prennent l'allure d'un discours politique, les discours politiques manifestent des aliénations mentales. Le club des psychopathes en tous genres forme un cercle nettement plus large que ses représentants les plus spectaculaires. Aujourd'hui que le monde est plus que jamais *borderline*, aujourd'hui que la folie est au pouvoir dans plusieurs États du monde, il est probable que le dérèglement psychotique s'accélère. Trump, Bolsonaro, Orbán, Berlusconi, Erdogan, Boris Johnson, Poutine, Salvini, Bachar el-Assad, un bon nombre d'autres, au pouvoir ou pas encore : on voit bien que le trouble psychique n'est pas reconnu à sa juste valeur. Si le dossier de tous ces personnages n'a pas été accepté par les organismes compétents, c'est qu'il y a bien des progrès à faire. La bête immonde est psychotique. »

*

Je cherche un studio. Pas seulement à cause de la remarque d'Ambroise. J'ai besoin d'un rétrécissement. C'est une nécessité, comment dire, spirituelle. Je suis retourné à l'agence qui m'avait loué l'appartement du docteur Maginot, l'agence de Max. Je l'avais bien aimé, Max. J'étais heureux de cette occasion de le revoir.

Max était moins sympa que l'autre fois, un peu froid même. Je lui ai expliqué ce que je voulais, il m'a donné du Monsieur, puis a désigné Angelo : « C'est Angelo, mon jeune stagiaire, qui va s'occuper de votre affaire. » Max ne se souvenait manifestement plus qu'on s'était tutoyés, il y a six mois, et qu'on avait fortement sympathisé. « Mais dans votre cas, d'après ce que je me rappelle, vous feriez mieux d'acheter, non ? On vient de rentrer un F1 qui vous correspond. Montre-lui, Angelo. » Je me suis tourné vers Angelo, son jeune stagiaire, un garçon visiblement adorable qui portait bien son prénom et qui m'a tout de suite fait penser à Ambroise. Un peu fragile et d'autant plus émouvant, tout juste sorti d'un BTS force de vente, fumant clope sur clope lui aussi, comme Max. Donc, Angelo, terriblement sympathique, payé uniquement à la commission, il me l'a dit d'entrée de jeu : ça faisait plus d'un mois qu'on l'avait embauché et il n'avait pas conclu une seule affaire. On est partis direction place Bertone. Ça caillait. On a croisé un fou météo que je ne connaissais pas. « Un joli temps sec et frais suffit d's'habiller c'est tout », disait-il, parole tout ce qu'il y a de plus normal et de plus ordinaire s'il ne la répétait en boucle.

Ça s'est conclu en un rien de temps. Ils avaient tout de suite compris ce que je voulais, Max et Angelo. Un studio perché, pour homme en quête de solitude, au cœur de la ville. Immeuble de canuts assez délabré, mais du caractère et du potentiel. C'était bien ça, à première vue. Bel escalier XVIIIe, poutres apparentes, grandes baies (crépi à refaire, tout à refaire, ai-je songé), charme d'un quartier en voie de gentrification et cependant encore très croix-roussien… « Un très beau produit, a précisé Angelo. J'ai déjà deux clients dessus. » J'ai pensé à l'aveu qu'il m'avait fait pendant le trajet. Il n'avait pas touché grand-chose, depuis son arrivée à l'agence. J'étais triste pour lui. Ce n'était pas une grosse affaire, mais ça allait tout de même lui donner un petit coup de pouce. Ça a joué malgré moi, dans ma décision. J'ai déclaré avec conviction : « J'achète. »

*

Angelo ne m'avait rien dit sur le voisinage. Il ne pouvait pas connaître madame Brandoux. La voisine du dessous.

Madame Brandoux est une personne âgée. Elle a gardé un air de jeunesse, peut-être grâce à un sérieux embonpoint qui efface les rides. Chaque matin, elle revient à tout petits pas du marché avec son cabas plein de bouteilles de vin et de nourriture, s'arrêtant régulièrement, s'assoyant partout où elle peut, soufflant terriblement, mais plus encore dès qu'elle détecte ma présence. Elle se met alors bien en évidence, en bas de la cage d'escalier, elle et son cabas, en attente de bras secourables. Je le lui monte, son cabas. Elle ne me remercie jamais. Sa voix haut perchée étonne, issue de cette montagne de chair. Elle est un type à elle toute seule. Je note dans mon carnet ses expressions favorites : « fumier, salaud, dégueulasse, saloperie », et aussi : « j'en ai rien à foutre ». C'est une plainte tellement vivante qu'avec elle on se sent toujours un peu coupable. J'ai ajouté madame Brandoux à ma collection.

Lorsqu'elle étend son linge sur le palier, elle est en nuisette, mais parfois sans. On entend presque en permanence sa radio hurler. Elle n'ouvre jamais sa porte. Il faut pourtant bien lui changer sa bouteille à oxygène de temps à autre. Quand je croise un infirmier dans l'escalier, je tremble pour lui, et plus encore si c'est un Arabe ou un Noir : madame Brandoux va le lui faire savoir. Elle aime cependant très fort, très intensément, son petit oiseau en cage tel qu'il est, presque sans plumes, bien mal en point lui aussi, ce qui démontre sa sensibilité. Quelquefois elle le sort sur le palier pour le distraire. On ne peut d'ailleurs pas dire qu'elle manifeste une totale indifférence envers son voisinage puisqu'elle laisse sur les boîtes aux lettres le dernier numéro de *Détective* (non sans l'avoir d'abord elle-même consciencieusement épluché), aubaine dont je suis le seul dans tout l'immeuble à profiter, m'efforçant ainsi de comprendre à partir de ses lectures une dimension de la condition humaine. Il y a à l'intérieur de ces pages beaucoup de misères banales et courantes, beaucoup d'altérations du discernement. Madame Brandoux doit se sentir en résonance. Son existence même me semble un témoignage vivant du fait que le monde va lentement à sa perte, qu'il continue imperturbablement sa marche vers le gouffre.

Avec madame Brandoux, j'ai un corps errant à domicile.

*

J'observe la place au crépuscule. De jour, elle paraît tranquille. Lorsque le soir tombe, les corps s'agitent. Plus tard, ils s'agglutinent dans les cafés et sur les trottoirs, assis ou debout pendant des heures à écluser des bières en s'époumonant par-dessus le bruit. Des types imbibés titubent, tentant de rentrer chez eux s'ils ont encore un chez-eux. Parfois, je me mêle à la frénésie, puis je m'enferme. Les basses d'une fête, toujours les mêmes, m'entrent dans les tympans. J'en profite pour lire des volumes épais. Hier, c'était *L'avenir dure longtemps* de Louis Althusser. Après deux heures du matin, régulièrement, un grand cri déchire la nuit. Quand il cesse au bout d'un temps indéfini, il arrive qu'enfin je m'endorme.

*

Au dos de la carte postale que je viens de recevoir, une écriture de petite fille appliquée, un message court et efficace : « Mon cher papa, Dans ce havre de paix où j'ai fait mon nid, je respire à pleins poumons l'air qui m'apaise et t'envoie mes bisous. »

J'ai pleuré en lisant ces mots éminemment raisonnables,

cette héroïque intention de me rassurer, ce désir sincère de pacification de soi et du monde. Cependant, c'est une langue que je sais désormais parfaitement traduire sans dictionnaire. « Havre de paix » : errance, tension de chaque jour, appels téléphoniques compulsifs. Le « nid » : lieu où les choses sont entassées, capharnaüm. « Bisous » : prélude aux injures.

Auparavant, je tombais dans le piège. Je croyais sérieusement à une rémission. Je pleurais d'espoir. Maintenant je pleure de lucidité. L'air, le grand air, apaise le schizophrène. Mais c'est une si brève accalmie. Il vit dans un état que nous ne connaissons pas. Et nous aussi, d'une certaine façon, nous, Ysé et moi, depuis que notre enfant s'est absentée, nous vivons dans une intranquillité telle que nous nous sentons parfois étrangers aux autres et à nous-mêmes. La folie hante à vie notre vie. Elle assombrit tous nos moments, même les plus paisibles, d'une tristesse infinie.

Constance a pris le train, on ne sait comment, pour les Saintes-Maries-de-la-Mer. Elle a marché durant des jours le long de la plage. Elle a été retrouvée par la police dans un état difficile à décrire. Ysé m'a dit : « Il faut qu'on aille tous les deux la chercher, ça la rassurera. » Mon cœur s'est soulevé de reconnaissance. Nous sommes partis en voiture la retrouver. Voyage étrangement tendre entre nous. Au retour, quand il a fallu ramener notre fille, ça a été une autre affaire.

J'ai dormi chez Ysé. On a dû s'occuper de Constance toute la nuit. Le lendemain, j'ai réintégré mon studio. J'ai eu l'impression que madame Brandoux avait encore augmenté le volume de sa radio.

*

Ambroise m'avait dit qu'il passerait. Quand j'ai entendu la sonnette, un peu plus tôt que prévu, je grignotais – je mange très peu, d'où mes petits en-cas, jambon, fromage, avec un verre de côtes-du-rhône bio. Vite, ranger la tranche de jambon dans le frigo. Je ne veux pas avoir de conflit avec Ambroise, même léger, et la question alimentaire me paraît en ce moment tellement secondaire.

Je lui ai raconté, pour Constance, les derniers événements. J'ai senti qu'il avait envie de ne pas s'appesantir. Pour lui, Constance n'est pas le sujet principal. C'est une sorte d'épiphénomène. Je me suis reversé un verre de côtes-du-rhône bio.

« Papa, ne bois pas trop s'il te plaît, ça n'arrange rien.

– Qu'est-ce qui est le mieux, Ambroise, boire un peu de vin ou se bourrer de neuroleptiques ?

– Tu as du jus de pomme ? »

J'ai fait signe que oui. Il s'est dirigé vers le frigo. J'ai frémi. Il a eu le tact de ne rien dire.

« Je voulais te poser une question, papa, m'a dit Ambroise sur un ton presque protecteur. Pourquoi vous n'avez rien fait, ta génération, pour la planète ? » Il en veut particulièrement à ceux qu'il appelle « les intellectuels ». Je n'ai pas su quoi lui répondre. J'ai pensé : Il n'y a pas que la planète dont on n'a pas su s'occuper.

Ambroise, c'est un peu Greta Thunberg avec dix ans de plus. Noble, pur, mais on se sent coupable en permanence. Ces derniers temps, il s'est durci. Plus zadiste et écoradical que jamais. Il milite à Extinction Rebellion. Il me tend un livre : « Lis ça. » Je feuillette. C'est *En attendant la fin du monde*, signé Baudouin de Bodinat. Un opus à la fois politique et littéraire, avec des photos en noir et blanc comme dans *Nadja* d'André Breton. J'ai pensé : Ils ont besoin de gourous qui leur chantent l'apocalypse dans le style de Bossuet. Je ne peux m'empêcher de trouver là, au premier coup d'œil, un peu de dandysme post-Debord. Je dis à Ambroise : « Ça a l'air passionnant. » Je me demande s'il n'est pas en train de virer dépressif climatique. Il parle plus que jamais de désobéissance civile, vélorution, free zones, pocket messages, quiz, détournements pub, faux déversements de pétrole, swarmings, chaînes humaines, die-in, blocages, occupations. Il me dit : « On est un peu seuls pour l'instant, on se sent impuissants, mais je crois à l'intelligence collective. » Il emploie aussi beaucoup le mot « commun ». Il voudrait du « commun ». J'écoute Ambroise. Je ne le contredis pas. Si je me laissais aller, je lui dirais peut-être : « Ce que je vois surtout, Ambroise, c'est la bêtise collective, le complotisme, les réseaux asociaux, la furie des lyncheurs, le retour des vieux démons. » Mais je l'aime tellement, Ambroise. Je ne veux surtout pas le froisser. Il me raconte sa dernière intervention. Ils ont essayé de bloquer l'enfouissement de déchets nucléaires à Bure, dans la Meuse. Ils s'étaient installés dans des arbres. La police les a délogés. La répression a été dure, il y a eu des peines de prison. « Qu'est-ce que c'est que ce bruit ? me dit-il.

– C'est la radio de madame Brandoux, elle est sourde. »

Je pense en moi-même que madame Brandoux est assez étrangère au monde de Debord et de Baudoin de Bodinat.

Ambroise m'a aussi parlé de sa dernière manif à Paris, une manif plus grosse que les autres et plus violente. Quand on a évoqué les black blocks, il a fait un drôle d'air. Comme s'il avait envie de me faire un aveu. « On va au contact », me dit-il tout de même. Il a raison, Ambroise, de me ménager. Je suis noir, moi aussi, mais à l'intérieur. J'ai une zone à défendre, c'est ma tête. Je suis Notre-Dame-des-Landes. Je suis les Indiens du Chiapas et le sous-commandant Marcos. J'étudie une autre forme de la collapsologie. Le dérèglement psychique me taraude autant que le dérèglement climatique. L'un et l'autre vont de pair, sans doute. Mais s'occuper de l'un ou de l'autre, c'est déjà un apostolat à part entière. Ambroise veut sauver la planète. Moi, j'aimerais pouvoir sauver Constance. Constance et tous mes fous. Ceux que je nomme, dans mon journal intime, les « tout autres qui nous ressemblent ».

*

Je lui ai raconté Ambroise, à Rachel. Elle m'a dit : « Les chiens ne font pas des chats.

– Comment ça ?

– Tu ne te souviens pas ?

– Non.
– Tu étais le plus gauchiste de nous tous. »
Oui, c'est vrai, j'ai fait comme une amnésie.

Au début, on était un peu timides, Rachel et moi. De peur de choquer l'autre, peut-être. Maintenant, on commence invariablement par une bière, une Pelforth blonde, on continue avec un côtes-du-rhône, une seule bouteille quand on est raisonnables, après quoi ouzo (ou arak ou raki, c'est selon), on s'est découvert tous deux un faible pour l'anisette. Quelquefois, on termine à la chartreuse. Avec quelques variantes – vodka, bourbon. Soit dans mon studio, soit chez elle.

« On m'invite parfois juste pour mettre de l'animation dans une soirée de poissons froids, me dit-elle. On me croit mondaine, boute-en-train, alors que je suis une solitaire. »

Comme moi, elle navigue sur des forums autour de la schizophrénie. Elle m'a montré un témoignage intéressant. J'en ai recopié un extrait dans mon journal :

« bonjour moi j'ai mon fils qui es schizophréne mais j'avoue qu'au début c'été trés dure il parler avec les plante il été bizarre au point qu'un jour il a péter un cable et il a tous casser ma maison au point qu'il été devenue dangereux pour moi et mes enfants par la suite ont la fait hospitaliser et maintenant il es suivie avec le cmp et il commence a allez mieux mais il fait une piqure tous les mardi mais il tremble encore dés fois mais je peut avoir une conversation avec lui sauf que dés fois il se remet dans son monde il faut juste que je lui dit que je suis la entrain de parler avec lui et il reviend avec nous mais il va mieux qu'au début sauf qu'il n'es pas encore en état de travailler mais peut étre qu'avec le temps il ira mieux mais je ne souhaite a personne de vivre ce que j'ai vécue car voir son propre fils étre atteind de cela cela fait mal on se dit mais c'es pas possible il es fou car il regarder différrament dés fois il avait le regard dans le vide et d'un coup il parter dans la violence pour rien alors qu'on ne lui avais rien dit de mal on avais peur pour lui jusqu'un jour ou il ma dit qu'il entendez des voix la je me suis dit ces pas normale »

*

Ce matin, dans la voix de Constance, une musique légèrement différente. Elle a commencé par des phrases de son délire ordinaire, puis tout à coup elle a été assez factuelle. « Deux mois de prison assortis d'un sursis et dix-huit mois de mise à l'épreuve », m'annonce-t-elle. Sa voix est à la fois nerveuse, hystérique, et comme détachée. Les mots proférés n'ont pas le même sens que ceux des gens ordinaires. J'emploie le mot « ordinaire » à défaut d'un autre. Pour éviter le mot normal, sans doute. Tous les mots sont faussés.

Je m'attendais à cette nouvelle. Après avoir enduré pendant de longues années un harcèlement téléphonique, un ami d'enfance de Constance a fini par porter plainte. Le procès a eu lieu en présence d'un avocat commis d'office. Constance n'a pas voulu y assister. Elle nie tout. Elle se dit persécutée. Avant l'audience, Ysé et moi, dans une lettre adressée au juge des tutelles, avions tenu à attirer l'attention sur le diagnostic des psychiatres. Nous imaginions qu'on allait tenir compte de cette circonstance atténuante. La lettre n'a eu aucun effet. Peut-être même n'a-t-elle pas été transmise. Aucune irresponsabilité pénale n'a pu être invoquée.

Lorsque Constance m'a annoncé le verdict, j'ai eu l'impression qu'il m'était destiné. Je me suis senti coupable. J'ai éprouvé une sorte de honte. Moi aussi je suis mis à l'épreuve, moi aussi je suis en sursis.

Plus que jamais, je me suis senti impuissant. Et presque résigné. Il n'y a pas seulement Constance, il y a une machine sociale qui broie.

*

Si Rachel n'était pas si empathique, elle aussi pourrait porter plainte. Turpin la harcèle au téléphone. Le parallélisme avec Constance me frappe. J'ai interrogé Rachel au sujet de Turpin. De retour chez moi, j'ai noté dans mon carnet ce qu'elle m'a dit. Ça fait partie de mon étude.

« Je suis son point fixe. Nous avons tous deux cinquante ans, et il me prend pour la jeune fille qu'il a rencontrée sur les bancs de la fac. Son temps est immobile. Le passé est son présent. À ses yeux, je n'ai pas fait d'enfant, je n'ai pas eu d'amants, rien ne m'est arrivé. À entendre mon rire, et le timbre inchangé de ma voix, il croit que depuis ce temps de la fac et du billard, je n'ai pas vieilli. Il habite chez sa sœur. Je le soupçonne de téléphoner en douce lorsqu'elle est à son travail. Parfois, il raccroche brusquement. Il a dû percevoir un bruit de clé ou de pas. Il doit bien y avoir des moments où sa sœur, si patiente, si attentionnée, si dévouée, n'en peut plus. Qui sait si elle ne voit pas avec un certain soulagement les périodes où il retourne à la clinique ?

De mon côté, je veux croire que le téléphone me préserve de sa venue. Parfois, j'ai peur qu'il fasse irruption. Il me lit presque à chaque fois la notice nécrologique du *Figaro*. Il me raconte aussi les polars qu'il dévore. Ou la dernière série qu'il a vue à la télé. Il ne me demande jamais comment je vais. Je sais que l'appel va durer à peu près un quart d'heure. Au moins. Pendant qu'il parle, je continue à vaquer à mes occupations, je mets un plat au four ou bien j'étends du linge. "Les polars, me dit-il, c'est du plein temps." Il me raconte souvent des histoires drôles. Comme celle de Toto à l'école. On lui pose un problème d'arithmétique, à Toto. Douze litres de vin à six francs le litre ça fait combien ? Chez nous, répond Toto, ça fait trois jours. Pendant qu'il appelle, nous sommes seuls au monde. La vie s'est arrêtée. C'est toujours lui qui raccroche. Après ça, sans doute qu'il se remet à son polar, à son *Figaro*, à sa série télé. Sans doute que sa sœur va rentrer bientôt. »

*

Ysé vient de m'appeler. « Adrien s'enferme pendant des heures la nuit pour des jeux vidéo ou des conversations virtuelles. Quelquefois, il est agressif. Il a des idées politiques bizarres, genre complotistes. Je ne sais plus quoi faire. Tu devrais lui parler. Viens le voir, s'il te plaît. »

Adrien était dans sa chambre. Ysé n'était pas là. Il était deux heures de l'après-midi et manifestement, il venait de se lever. Il avait ses oreillettes et son smartphone. Je lui ai fait un café. Il m'a dit avec douceur que tout allait bien, qu'il ne fallait pas s'inquiéter, qu'il était dans une phase de réflexion et de remise en question, qu'Ysé s'inquiétait pour rien. Selon lui, il a des conversations géniales avec des internautes. Il ne m'a posé aucune question sur moi ni sur Constance. Adrien est une bulle. À travers lui, j'imagine tous ceux que je ne vois pas lorsque je marche dans la ville. Des corps errants d'une autre espèce encore. La grande tribu nocturne des invisibles agoraphobes : solitaires moutonniers, phobiques du dehors, monades recluses, corps hyperconnectés accros aux écrans, agglutinés pas le cyberespace, atteints par la contagion technologique, happés par Facebook, Instagram, WhatsApp et les jeux vidéo, aspirés par les réseaux asociaux, engloutis dans l'entre-soi anonyme du complot généralisé…

*

Je suis retourné voir Sylvain. Comme chaque mois. Sylvain, c'est le bon sens fait médecin. Je lui ai dit : « J'ai suivi tes conseils, je marche, je nage, mais ça ne suffit pas. » Je lui ai parlé de Rachel. De nos intérêts communs et de nos conversations. Au sujet de cette relation entre Rachel et moi, Sylvain m'a posé, avec délicatesse mais sans ambiguïté, la question qu'on se pose d'ordinaire.

« C'est pas ça du tout, ce qui se passe entre nous, Sylvain. Ce n'est pas de cet ordre. Rachel est une amie, une confidente. C'est déjà beaucoup. On s'est découvert une sorte de gémellité. C'est une relation spéciale. On ne veut pas la gâcher. C'est tellement bien, tellement rare, d'avoir une amie femme avec laquelle on s'entend parfaitement, de vivre une sorte d'amour sans sexe, sans la frénésie de la chair. Et puis, tu sais combien je suis lié à Ysé. Je ne désespère pas de la retrouver. »

Comment expliquer à Sylvain que ma chasteté est salutaire, qu'elle correspond à la nouvelle phase de ma vie ? Que je me sens plus libre ainsi, délivré du désir et des jeux de la séduction ?

« Ta manie qui consiste à aller au-devant de la folie, à tenter l'impossible pour la comprendre, c'est terriblement anxiogène, Sandor. Il te faut des projets qui t'occupent, qui te sortent de là, qui te mettent à l'écart de ton obsession. Et puis si ça te fait tellement souffrir de voir ou d'entendre Constance, ne la vois plus et coupe ton téléphone. Tu te fais du mal et tu ne l'aides pas. »

Sylvain me parle comme si j'étais son fils, mais j'ai besoin de cette sollicitude. Je n'ai aucun ami homme qui, comme lui, se soucie de moi.

*

Ce matin, j'ai fait des longueurs à la piscine. Il n'y a que ça pour calmer l'usine surchauffée. Pour une fois, le maître-nageur-ancien-d'Indochine était atone. Il m'a paru déprimé. Les inséparables étaient là, comme toujours. On choisit le même horaire, celui des nageurs désœuvrés. Aujourd'hui, j'ai osé les interroger. Ils ont pris leur retraite il y a vingt ans. Depuis ils viennent ensemble à la piscine, chantent sous la douche, nagent ensemble. L'un était représentant de commerce, l'autre, son client. Maintenant, ils s'accrochent tous deux à une même planche dans une piscine de banlieue. Peut-être ne se voient-ils guère en dehors de ce rendez-vous presque quotidien.

Il paraît que l'âme adore nager. Je confirme. Après quelques centaines de mètres, la rêverie s'installe, la conscience s'évapore, on entre dans une zone ouatée, trouble, l'eau chlorée finit par s'insinuer dans les lunettes de natation toujours insuffisamment étanches, le monde recule, on a l'impression qu'on pourrait continuer ainsi sans jamais s'arrêter, que la vie va brasser l'eau jusqu'à la mort.

Ce serait une mort acceptable, peut-être. Une mort par épuisement naturel.

Vers les sept cents ou huit cents mètres, l'horizon s'éclaircit.

Les obstacles s'effacent. C'est le moment de prendre des résolutions. Aujourd'hui, j'ai pensé à l'idée de Sylvain. Des projets nouveaux. Idée si banale, mais si nécessaire. Il a raison. La vie, c'est recommencer. Recommencer sans cesse. Il lui faut des projets, à la vie. Si cette idée en moi fait son chemin, si je la prolonge, si elle ne me semble pas complètement stupide, c'est que je ne vais pas aussi mal que William Styron pendant sa terrible dépression. Lui, il ne pouvait carrément plus rien faire. Dans les derniers cent mètres, je me suis dit à peu près ceci, sans le formuler vraiment : Au fond, bien que plus jeune, je suis dans la situation d'un retraité qui tout à coup a tout son temps devant lui. C'est flippant et c'est exaltant. Encore cinquante mètres. Des projets. Il y en a deux qui me tiennent à cœur depuis longtemps, que j'ai enfouis comme des secrets. Primo : écrire ; secundo : reprendre le piano. Quand je suis arrivé à cette conclusion, quand elle a surgi des limbes, j'avais fini mes longueurs. J'en avais même fait deux de plus.

À la sortie du métro, un corps errant, l'air hagard, m'a hélé. Un homme qui pleurait. C'était touchant. Il était dévasté. Il bafouillait dans ses larmes. Ses phrases étaient difficiles à comprendre. En fait, il était révulsé de colère. Une mousse sortait de sa bouche à chaque phrase. Il pleurait de rage. Je n'arrivais pas à comprendre ce qu'il disait, la raison de son gros chagrin. Je lui ai posé des questions pour élucider un peu l'énigme. J'ai fini par comprendre. On l'avait interdit de métro, la police l'avait chassé. Il ne pouvait plus s'adresser aux petites filles comme il le voulait, maintenant. Il aimait tant parler aux petites filles.

*

Ces jours-ci, j'ai tâché d'appliquer ma résolution aquatique : j'ai noirci du papier, et pas seulement, comme d'ordinaire, dans mon journal intime. Lisant des livres sur la folie, des bribes d'histoires délirantes, ça m'a donné envie d'effleurer la vie secrète des tout autres qui nous ressemblent, de suivre les méandres circonstanciels de leurs errances, de décrire leur insondable mystère. Autre façon, sans doute, d'approcher et d'éviter Constance.

J'ai commencé par Ilona, l'amante, peut-être le seul amour de Romain Gary :

« Juive hongroise d'une grande beauté, issue d'une famille riche de Budapest, Ilona ne fait rien d'autre pendant sa jeunesse que voyager, ou plutôt errer de lieu en lieu. Elle mène grand train, dépense sans compter. Espérant qu'elle trouve enfin une occupation, son père réduit ses subsides. En 1938, elle se pose à Nice. À la pension Mermonts. Pendant des périodes de plusieurs semaines, elle reste couchée dans sa chambre, à broder et à dessiner. Hypocondriaque, elle imagine qu'elle a une appendicite et se rend par intermittences en taxi dans une clinique au bord d'un lac suisse.

Durant quelques mois de l'année 1938, Romain Gary l'aime passionnément. Elle a vingt-huit ans, lui vingt-deux. Elle quitte brusquement Nice en 1939 pour la clinique

Sant'Agnese à Locarno. Rejoint avant la guerre sa famille à Budapest. Échappe à la terrible persécution des Juifs hongrois. Se réfugie à Bruxelles. Est hospitalisée en 1946 dans une clinique privée en Suisse, puis au nord d'Anvers dans un hôpital psychiatrique tenu par des religieuses, jusqu'à sa mort en 1999. Entretemps, se convertit au catholicisme. Va régulièrement à la messe. Vit hors du temps. Se souvient parfois du passé. Ne quitte pas sa chambre qui donne sur un magnifique parc où elle ne s'aventure jamais. S'apprête, se coiffe, se pare chaque jour, s'habille avec élégance comme si elle continuait à fréquenter la haute société de Budapest. Parfois avenante, ou même d'une grande douceur, et tout à coup, terriblement agressive.

Après 1938, Romain Gary n'a plus aucune nouvelle d'Ilona Gesmay. Il est persuadé qu'elle a disparu pendant la guerre, victime de l'extermination comme un demi-million de Juifs hongrois. Un jour de 1964, la sœur d'Ilona, Klara, lui apporte un exemplaire de *La Promesse de l'aube*. Le prénom Ilona est mentionné à la fin du chapitre 29. C'est celui d'une “jeune Hongroise aux yeux verts”.

Depuis sa chambre à l'hôpital psychiatrique d'Anvers, Ilona envoie une lettre de six lignes à Gary, six lignes qui peuvent sembler parfaitement cohérentes. Elle lui dit qu'elle a pris le voile, qu'elle vit dans un couvent, et lui demande de lui écrire. Il le fait. Les psychiatres ne transmettent pas sa lettre à Ilona. Elle lui envoie quatre lettres semblables à la première. Gary apprend alors par le consul de France à Anvers que le prétendu couvent est une clinique psychiatrique. Il prend un avion pour Anvers. Dans *La nuit sera calme*, il raconte qu'arrivé à Anvers, il a fait demi-tour. Selon un autre témoignage, il aurait rendu visite à Ilona et elle ne l'aurait pas reconnu.

Les troubles d'Ilona, décrits comme ceux de la schizophrénie, se sont atténués avec l'âge. Les psychiatres lui ont permis d'aller voir sa famille à Budapest, mais elle n'y est pas restée, préférant retourner dans la maison de santé où elle se sentait en sécurité.

Pendant toute son existence, Gary a été hanté et fasciné par elle. Ilona Gesmay a été son grand amour, dit-il volontiers à ses amantes, et sa seule véritable passion. »

Ça m'a rassuré, cette capacité que j'ai à m'assigner une tâche. Preuve que je ne suis pas si déprimé que ça. Preuve que je suis encore en vie. Cependant, il faut bien que j'admette ceci : je ne peux pas écrire sur autre chose que la folie. Mon obsession n'est pas près de m'abandonner. Je continue avec les mots mes observations quotidiennes des corps errants. Mon seul sujet possible d'écriture, ce sont les bouleversants, les délirants, les exilés de l'intérieur, les allumés de toutes sortes.

*

Hier soir, Alexandre m'a annoncé la naissance de Gabriel. Ysé est déjà à Bruxelles. Je les ai rejoints. Que dire sur ce moment ? Nous avons partagé la joie d'Alexandre et d'Adèle.

Tout à coup, plus rien n'existait que Gabriel. Tenant mon petit-fils dans les bras, je me suis senti étrangement heureux. « Pourquoi tu ne restes pas une semaine ici ? » m'a demandé Alexandre. Ysé repartait, j'ai pris le train avec elle, prétextant des occupations. D'ailleurs, j'ai mon premier cours demain avec un professeur de piano. Pendant le voyage, avec Ysé, nous avons parlé paisiblement, évoqué des souvenirs. À un moment, on s'est tenu la main. On a pleuré.

*

Ma vie avec Rachel, si je peux appeler ainsi notre relation, a repris son cours. Cet après-midi, nous avons joué au jeu de ce qu'on appelle les troubles mentaux. Les typologies nous exaspèrent. Nous sommes tous plus ou moins dans le tableau et pourtant personne n'entre dans une case. « Si on faisait un nuancier ? m'a dit Rachel. Je commence. » On s'est lancés, à tour de rôle. Ça a donné à peu près ceci :

« Dépressif congénital déjà mélancolique dans le ventre de la mère... Délirant mystique canalisé par une secte... Esprit psychorigide coulé dans le béton armé... Doux dingue soudainement traversé de bouffées imprévisibles... Graphomane compulsif à la recherche d'un correspondant... Délirant monothématique avec éruptions polymorphes... Workaholic dénué de toute existence personnelle... Psychopathe pervers paranoïde non dénué d'humour... Furieux endémique traversé par des ruminations exténuantes et des apathies délétères... Mythomane invétéré mégalomaniaquement cyclothymique... Halluciné soulevé par diverses illuminations et extases ésotériques dangereuses à proportion des terribles chutes en perspective... Organisme en état d'hébétude dont les cellules dormantes vont bientôt se réveiller au péril de lui-même et des autres... Survivant écrasé par le seul effort de survivre... Persécuté endémique pratiquant la haine de soi avec ennemis déclarés... Mondain extrême dénué de toute intériorité... Corps mentalement déchiqueté en déshérence chronique... Autre corps visiblement affecté par une perturbation du cycle circadien avec dérèglement des rythmes métaboliques et glandulaires... Incohérent inventif simulateur de génialité factice... Normopathe laborieux bipolaire sauvé par un emploi à plein temps qui lui sert de tranquillisant... Inclassable déclaré à tort autiste ou Asperger, bien qu'en présentant tous les symptômes... Clochard céleste très déjanté défiant toute étiquette et principalement alcoolique... Individu instable au terrain fragile que les addictions ont encore fragilisé... Stylites des ponts et du coin de rue... Zombie souffrant très manifestement de l'intérieur avec voix étouffée de vieillard... Maniaque ultradépressif étrangement opérationnel dans le cadre d'une institution... Désespéré des jardins publics se confondant avec le banc sur lequel il est assis... Déjanté temporairement lâché sur le bitume... Errant du RER à la recherche d'un contact humain... »

« On n'en aura jamais fini, me dit Rachel.

– Oui, et surtout, c'est très insatisfaisant.

– D'ailleurs, on oublie quelque chose dans notre inventaire. Les nouvelles formes plus contemporaines, les phénomènes d'époque : les dépressifs climatiques, les collapsologues bipolaires, les écomaniaques morbides... Il y a tellement de folies touchantes et rationnelles, tellement de folies singulières et circonstancielles.

– On est tous plus ou moins atteints, mais le fou, c'est d'abord celui qui est sans interlocuteur. J'ai lu ça chez un poète russe. Ossip Mandelstam. »

Oui, c'est exactement ça, et je comprends maintenant pourquoi j'ai tendance à considérer les monologuistes comme des demi-fous.

*

Il n'y a pas que du négatif dans ma traversée des ténèbres. Au stade où j'en suis, tant que je ne suis pas totalement effondré, la dépression peut apparaître dans une certaine mesure comme une libération. Elle permet un autre rapport au temps, une considération réfléchie de l'emploi qu'on en fait. Plus de rendez-vous pénibles. Plus de tâches programmées. Il faut croire que j'ai du ressort puisqu'il m'arrive d'affronter le vide de la journée à venir ; puisque je tiens un peu mes résolutions en écrivant, en me remettant au piano.

Je n'avais pas un mauvais niveau autrefois. Pourquoi avoir laissé tomber ? « Je veux jouer du Schumann, ai-je dit à mon professeur de piano. Rien que du Schumann.

– Pourquoi Schumann ?

– J'aimerais en profiter pour creuser l'énigme Schumann. C'était un maniaco-dépressif. Dès l'âge de dix-huit ans, il a inventé des mots pour désigner diverses sortes de cafard : céleste cafard, cafard animé, cafard musical, cafard total. Il a écrit : “J’aimerais pouvoir m’enfuir pour l’éternité dans un autre corps.” Comment peut-on composer une si belle musique quand on oscille entre mélancolie et frénésie ? Il a même failli arrêter complètement le piano, Schumann. »

Mon professeur de piano m’a regardé d’un drôle d’air et m’a recommandé les *Kreisleriana*.

Nietzsche, à la clinique d’Iéna, jouait deux heures par jour, paraît-il. Moi, c’est une heure. Du Schumann. Et aussi un peu de blues.

Au bout de quelques leçons, je me suis aperçu que mon professeur de piano avait des problèmes. Tantôt il exulte, fait de grandes tirades, on en oublie l’instrument, tantôt il est abattu et ne dit presque rien pendant tout le cours. Il lui arrive d’être injoignable pendant un mois. Je crois bien que chez lui, il ne touche plus au piano.

*

Au retour de la piscine, aujourd’hui, dans le bus, en face de moi, une femme un peu forte, la cinquantaine, asiatique ou eurasienne. Chemisier très décolleté pour la saison, jupe très courte. Ses chairs débordent. Le magazine qu’elle tient contre son ventre, je me tords le cou pour en déchiffrer le titre. C’est : *Mieux vivre votre argent*. Elle manipule compulsivement son portable, en fait l’éloge. « Ça c’est bien, le portable ! C’est formidable, le portable ! » Elle parle très fort, jusque-là il semble qu'elle ne s'adresse à personne, mais tout à coup elle me sourit et me dit à moi précisément : « J'ai une carte UGC, je peux aller au cinéma quand je veux. Vous en avez, une carte UGC ? » Je lui dis non. « Eh bien moi, j'ai ma carte UGC, avec ça on peut aller autant qu'on veut au cinéma, et comme des fois y a des navets, on peut quitter la salle quand on veut. » Je n'ai pas voulu la quitter sans savoir pourquoi elle lisait *Mieux vivre votre argent*. « Ça me permet de mieux placer mon argent », me dit-elle. Quand je sors du bus, nous nous saluons très amicalement.

*

Avec Rachel, on part en Roumanie. Ça, je pense, Sylvain l'approuverait. Enfin, pas sûr. Ce n'est ni un voyage d'agrément ni un voyage d'amants. Rachel doit participer à un jury de thèse à l'université de Craiova. Craiova ne me fait pas rêver. Mais Rachel m'a proposé de l'accompagner. Histoire de me changer les idées. Et puis il y a certainement d'autres fous à observer en Roumanie. Un pays où le couple Ceauşescu a été au pouvoir n'a pas dû retrouver facilement un formidable équilibre.

Nous avons traversé en train la campagne roumaine. Entre Bucarest et Craiova, le paysage me correspond parfaitement : vide, dévasté, sinistre. Rien d'exaltant à regarder. Déjà, de ce point de vue, Bucarest m'avait comblé, avec l'agitation en plus. Craiova, pour un homme qui cherche à approfondir sa mélancolie, c'est parfait.

J'ai assisté à la soutenance de thèse. Chaque membre du jury se cite abondamment. Le comique du jargon est accentué par les malentendus linguistiques. Ça pontifie, ça n'en finit plus. Je croyais que c'était différent à l'université. Là aussi je vois les masques, les sourires postiches.

À la pause, j'ai fait la connaissance d'une psychiatre roumaine, Mariana. C'est une amie proche de la doctorante. Je me suis confié un peu. Mariana est empathique. Au déjeuner qui a suivi la soutenance, on s'est assis côte à côte. Mariana est une sorte de Rachel faite psychiatre. Enjouée, séduisante, triste à l'intérieur. Elle m'a parlé de l'hôpital où elle est chef de service, non loin de Craiova. Je lui ai dit : « J'aimerais voir de mes yeux. » Que je ne veuille pas manquer une occasion d'explorer le secret de la chute mentale, que je veuille assister en direct au spectacle de la détresse, elle comprend très bien ça, Mariana. Elle doit même penser que ça me fera du bien. Avant le dessert, elle m'a emmené à l'hôpital, comme pour une urgence, dans sa petite voiture très pays de l'Est. C'était une bonne occasion de nous esquiver. On étouffait, tous les deux. Mariana est adorable.

L'hôpital de Craiova est à l'extérieur de la ville, en rase campagne, dans une sorte de terrain herbeux qui parfois prend une allure de jardin. Mariana me fait tout voir. Les fous presque raisonnables, les fous démonstratifs, les fous éteints, les fous les plus dangereux pour eux-mêmes et pour autrui. Ces derniers ont été mis dans des salles spéciales. Par la vitre, on les aperçoit qui tournent en rond, psalmodiant, gesticulant, se cognant aux murs.

Présences épuisantes. Haut degré d'intensité mentale.

Tandis que nous nous apprêtons à partir, les pensionnaires, en pyjama sur le perron, nous saluent d'un geste mécanique de la main, l'air absent. Leur geste m'accompagne jusqu'à ce que nous les perdions de vue. Merci de votre visite, semblent-ils dire. Ou bien, façon de me signifier : Ne vous inquiétez pas pour nous, nous vivons notre vie, nous ne souffrons pas autant que vous le croyez. À moins qu'ils n'aient tout simplement senti qu'il fallait me réconforter.

On se sent toujours un peu coupable lorsqu'on quitte un hôpital psychiatrique. Je suis reparti décomposé. Je ne pouvais plus dire un mot. Mariana m'a pris dans ses bras.

*

Au retour de Roumanie, j'ai lu une nouvelle éblouissante de Tchekhov : *Salle 6*. C'est Rachel qui m'a fait lire ce récit. Ça n'a pas freiné mon élan d'écriture. Continuant à explorer l'univers des reclus, leur prostration et leurs déambulations, j'ai écrit presque d'une traite un petit texte sur l'asile d'Herisau où Robert Walser a séjourné longtemps. Je l'ai intitulé « En résidence » :

« Robert Walser entre en clinique pour troubles mentaux après avoir fermé ce qu'il appelle son “petit atelier de prose”. Il est alors âgé de cinquante et un ans. Les derniers temps de sa vie d'avant, sa vie au-dehors, étaient devenus un cauchemar : crises d'angoisse, hallucinations auditives, alcoolisme, insomnie, agitation constante, violentes colères… Il a tenté de se suicider. Cependant, il ne sait pas faire un nœud coulant convenable.

Robert Walser est écrivain. Son œuvre a été reconnue en Suisse et en Allemagne. Dans les institutions psychiatriques, il continue à écrire, compulsivement, mais souvent pour personne, et plutôt des microgrammes illisibles. "Je ne suis pas ici pour écrire, je suis ici pour être fou", aurait-il dit à un visiteur, ajoutant que la belle époque des littérateurs était terminée. Lui, fils d'un papetier, placé comme commis dans une banque à l'âge de quatorze ans, désireux de faire poète après avoir essayé de faire comédien, ne s'est jamais senti à l'aise dans le monde des lettres, même au moment de sa notoriété. On le décrit comme un "schizophrène très calme, sociable, qui vit la moitié de sa journée ses rêves de poète et fait l'autre moitié des travaux de jardinage". Telles sont les expressions à son sujet dans les protocoles de l'asile d'Herisau. Elles entrent parfaitement en écho avec une phrase touchante : "Je suis une sorte de poète, mais un être très prosaïque."

À l'asile d'Herisau, en Suisse orientale, Robert Walser fait comme tous les autres pensionnaires. Il trie des légumes secs, colle des sacs en papier. Ici, comme à l'asile de Waldau où il était auparavant interné, il refuse qu'on lui donne une chambre individuelle, préfère dormir avec les autres dans le dortoir par "peur de la nuit". Son grand plaisir, sa grande activité, c'est la marche.

Il est resté interné jusqu'à sa mort, à l'âge de soixante-dix-huit ans. Le jour de Noël, la police d'Herisau a retrouvé son corps étendu dans un champ, à la suite d'une promenade dans la neige. Robert Walser avait imaginé cette fin pour un de ses personnages dans *Les Enfants Tanner.* »

*

Depuis nos retrouvailles virtuelles avec Nadia, on ne s'est pas revus, mais on continue à communiquer par courriels. Je lui ai dit que je m'étais mis à écrire. « Ah oui ? Génial ! C'est mon rêve. Moi aussi j'écris des textes, mais je n'ai personne à qui les montrer. Est-ce je peux t'en envoyer quelques-uns ? Réponds-moi franchement. – Oui, bien sûr, chère Nadia, je suis prêt à faire tout mon possible pour t'aider. » Elle m'a envoyé trois textes. Je les trouve forts. Pas vraiment réussis, mais forts. Surtout quand elle parle d'elle avec ses mots à elle, sans masque. Je le lui dis. Qu'ils sont forts. Je l'encourage à continuer à écrire. Elle me remercie avec chaleur. « Et pour finir, me dit-elle, je voudrais te dire qu'un mail comme le tien est bien plus efficace que de nombreuses séances de psy. » Elle aussi, elle m'encourage à continuer.

*

Un flic a sonné à ma porte. Il me ramène Constance. Elle lui a donné mon adresse. En partant, il me sermonne : « Vous devriez vous occuper de votre fille. »

M'occuper de ma fille ! Mais je ne fais que ça. Je suis entièrement occupé par elle. Son absence me dévaste. L'injonction du policier fait écho à toutes les réflexions lancées à la légère par les proches ou l'entourage. Face à un phénomène inexplicable, chacun propose en toute bonne foi une solution miracle. Comme si tout n'avait pas déjà été essayé. Comme si une mesure efficace pouvait être prise une fois pour toutes. Comme si la société avait prévu de venir en aide aux parents en proie à la folie d'un enfant. Comme si ça ne suffisait pas d'être aux premières loges, d'endurer une dévastation avec laquelle on doit composer chaque jour. Il faut encore, pendant la maladie éternelle d'une fille ou d'un fils, que le regard des autres soit braqué sur nous. Il faut encore qu'on fasse grief à des parents d'avoir laissé leur fille sombrer. Il faut encore qu'ils subissent le jugement de tous ceux auprès desquels leur enfant donne parfois le change, de tous ceux qui, en toute bonne foi et en méconnaissance de cause, dispensent des conseils ou se répandent en récriminations.

J'ai dit à Ysé ma colère. Elle me comprend totalement. Qui d'autre que nous peut prendre la mesure de notre tourment ? Constance nous obsède. Elle nous réveille la nuit. Elle a pris possession de nous. Nous craignons pour elle en permanence. Pour son sommeil, pour sa santé, pour tout. Si elle vit encore, c'est d'une existence étrangère à la nôtre. La folie nous a enlevé notre fille d'une autre façon que la mort. Cet arrachement produit en nous une tristesse infinie. Je dis « nous », parce que Ysé et moi nous vivons le même calvaire et ressentons une douleur commune.

Constance a passé la nuit chez moi. Je n'ai pas dormi. À un moment où je croyais pouvoir lui parler, son regard m'a fait peur. Au matin, j'ai prévenu l'infirmière. Elle m'a dit de la ramener à l'hôpital de jour.

*

Hier, j'ai fait un aller-retour Lyon-Paris pour assister à une conférence à l'hôpital Sainte-Anne. C'était une conférence-performance sur Marco Decorpeliada, l'homme aux schizomètres. Dans la classification DSM IV, il était étiqueté 20.2, autrement dit schizophrénie type catatonique continue. Il a découvert que 20.2 dans le catalogue des produits surgelés Picard, cela correspondait à « crevettes roses entières cuites (90-120 au kg), surgelées en mer ». Il a décidé de dégeler la schizophrénie. De se révolter contre les classifications. Il avait certainement raison. Ça m'a réjoui. Ça m'a aussi désolé. Comme quand je vais voir de l'art brut. Que c'est loin de Constance !

Vers dix-sept heures, à la gare de Lyon, j'avais un peu de temps avant de reprendre le train. Densité normale ce jour-là, vu l'heure de pointe, mais taux de mélancolie particulièrement élevé. Le piano Yamaha de la gare était inoccupé. Je me suis lancé. J'ai plaqué quelques accords de blues en fa pour me calmer. Je pensais : Bon ou pas, c'est toujours un peu foutraque, un peu ridicule, un pianiste de gare, ça s'adresse à la cantonade, ça cherche son public errant dans le brouhaha. Au moment où le blues s'installe, un type visiblement en détresse s'approche et me demande s'il peut dire ses poèmes. Je dis oui bien sûr, c'est scène ouverte. D'une belle voix pleurante et grave, il se met à déclamer avec force, pendant que je continue à jouer, un long poème élégiaque, une plainte continue, un poème très blanc qui cependant swingue assez bien, par un étrange effet de syncope. Nous formons un drôle de duo. Je me sens moins seul. Les gens autour nous applaudissent.

« Je m'appelle Jérémie, me dit-il après notre prestation. Je suis au bord du suicide, ma femme vient de me quitter, oui, elle me quitte à l'instant, rupture définitive, elle vient tout juste de partir, mon épouse, je l'ai déposée au train de 16 h 32, elle me quitte, elle divorce, elle vient de prendre le TGV sans se retourner. » Il a les larmes aux yeux. Ses yeux égarés disent : « Ne me quitte pas. » Je connais ça. Blues éternel. Blessure à vie. Je compatis, invite Jérémie à se ressaisir. Manifestement, le suicide en lui est une longue histoire. J'ai une pensée pour sa femme. Je lui cite Michaux, un aphorisme que j'ai retenu depuis mon année d'hypokhâgne : « Ne désespérez jamais ; faites infuser davantage. » Le visage ravagé s'éclaire. Il sourit presque, me remercie, répète la formule après moi, ses yeux ne sont pas loin de briller, il le comprend, cet aphorisme, sans aucun doute, de l'intérieur, et peut-être l'ai-je sauvé, du moins pour aujourd'hui. Il me dit au revoir chaleureusement, regrettant que je parte à mon tour. Moi aussi je regrette de le laisser dans cet état, moi aussi je dois prendre mon train, moi aussi je le quitte. Cependant, je ne manque pas de lui donner mon courriel.

Or, le soir même de notre duo à la gare de Lyon, Jérémie m'écrit : « Vous homme d'espoir, vous ne pouvez savoir à quel point vous m'avez fait du bien. Je ne cesse de me répéter la phrase de Michou : "Ne jamais désespérer ; faire infuser davantage." C'est la phrase qu'il me fallait. Je la dis comme une prière. Merci, mille mercis. »

Homme d'espoir, moi ? Puisqu'on m'assigne ce rôle, il me faut bien continuer. En tout cas je suis heureux qu'une citation ait valeur de prescription, et du petit résultat de ma médecine sauvage. Justement j'ai une autre citation toute prête, de Cendrars cette fois, que je me fourgue volontiers à moi-même comme un médicament : « Nous ne voulons plus être tristes, c'est trop facile. » Je la lui envoie. « Merci à vous, homme d'espoir, me répond de nouveau Jérémie. Nous avons tous besoin d'un Simon de Cyrène. Moi qui ne crois plus en rien hormis en l'amitié je prie pour vous. » Il me faudra bien rompre un jour ce dialogue virtuel. Ce qui me crève le cœur. Mon stock de belles phrases est si vite épuisé.

La religion lui rendra secours mieux que moi, à Jérémie. Il communique avec un prêtre et me transfère un message adressé à ce dernier, comme s'il voulait me mettre dans le coup : « Je vais à l'église quand la musique est bonne. Si tu le peux cette année, j'insiste, prévois une place pour moi dans ton pèlerinage assomptionniste. »

Qui sera mon Simon de Cyrène ? Qui m'aidera à porter ma croix à moi ?

*

Avec Rachel, on se rapporte les derniers événements. Façon de s'alléger un peu. Je lui parle de Nadia, de Jérémie, de Volodia… De Constance, surtout.

Constance m'appelle compulsivement. Impossible d'interrompre le flot de son délire. Je ne sais plus si je souffre davantage à entendre la tonalité de sa voix, ou à attendre pendant des jours qu'elle se manifeste. Ces jours-là, ces jours de silence, quand je marche dans la ville, j'ai peur de la reconnaître à un coin de rue, semblable aux corps errants que je croise. Elle aussi, sans doute, comme bien d'autres, elle traîne des sacs plastique, des tas de choses inutiles. Elle aussi, elle se maquille outrageusement et s'habille, ou plutôt se nippe avec ostentation. Je frémis à l'idée de la surprendre dans l'une de ses errances, au-dehors, anonyme. Mais non, la ville est grande, Constance est loin. Elle sait se mettre un peu à l'abri. Elle se réfugie le plus souvent dans les églises. Elle connaît bien des curés qui compatissent, bien des âmes charitables.

Quand je parle de Constance, j'ai l'impression de m'identifier à elle. Je ressasse. Je tourne en rond. Des mots élégiaques me viennent. J'ai envie de geindre. Je pleure mon impuissance. Il n'y a bien que Rachel au monde pour supporter ça, même si elle se moque un peu. De son côté, elle me raconte tantôt Turpin, tantôt Victor. Aujourd'hui, c'est Turpin.

« En ce moment, Turpin ne m'appelle plus du tout. Soit il est en vacances avec sa sœur qui le tient à l'œil, soit il est à l'hôpital psychiatrique. Alors je reçois des cartes postales. Parfois, il y en a plusieurs dans la même enveloppe, toutes datées du même jour. Je te les ai apportées. »

Ce sont des poèmes médiévaux, des épopées paranoïaques, des successions de noms propres d'un autre temps, les signes d'une écriture indéchiffrable qui occupent très exactement, de façon presque harmonieuse, l'espace blanc de la carte.

« Tu y comprends quelque chose, toi ? » me demande Rachel. Seuls le lieu et la date, très conventionnellement précisés en haut et à droite, sont lisibles, ainsi que la formule par laquelle Turpin commence toujours ses missives : « Chère amie ». Ou bien : « Devine qui t'écrit ? »

Peut-être que les cartes elles-mêmes, celles qu'il a choisies, livrent un peu de son mystère. Mais non, ce sont des cartes de vacances, celles que nous, en principe, on ne choisirait pas. Un chien caricaturé qui tire la langue de plaisir car il vient d'ouvrir un paquet-cadeau où se dresse un os. Légende : « Rien que pour toi ! » Une carte de Collioure, un phare, un bateau rouge vert et bleu, un ciel bleu, côte catalane. Un chien photographe au bord de la mer, chaise longue, parasol, qui appuie sur le bouton, et l'oiseau surgit de l'appareil : « Pour toi un petit souvenir. Attention… Clic… » Sur une autre : « Dire que les vacances, c'est fait pour se reposer et se calmer les nerfs… !! Mate au dos… Y a un message. » Et celle-là : « Je pense à toi. Et c'est rien que pour toi. » (Le « pour toi » est répété à un endroit scabreux d'un petit animal monstrueux et indéfinissable.) Certaines avec des messages obliques, parfois, comme : « Tendrement vôtre », ou prétendument drôles : « Pas le temps d'écrire, On ne peut pas être partout, Je suis débordé. »

« Je ne sais pas pourquoi je continue cette bizarre relation avec Turpin, me dit Rachel. C'est sans doute chez moi un mélange de faiblesse et de compassion. Je dois être un peu foutraque, moi aussi. En fait, je suis une déprimée congénitale. Personne ou presque ne s'en rend compte. »

*

Il y a une chaîne des tristes légataires de la démence : les associations officielles. Rachel m'a emmené à deux ou trois réunions. Les familles se soulagent par une mutuelle compassion. Elles se délestent un peu d'un chagrin particulier en le mêlant à la souffrance générale. On cause médicaments, psychiatres, tutelle, curatelle... Un psychiatre quelquefois fait une causerie sur un thème du genre : « Les familles sont-elles coupables ? » On s'échange des tuyaux. Toutes les schizophrénies se ressemblent, toutes sont singulières. On se raconte les dernières frasques, les violences subies, les améliorations passagères, les corps bouffis par les drogues, les fugues à répétition. Je saisis au vol des phrases comme celle-ci : « Ma sœur est en Tunisie, partie pour quinze jours, cela fait presque cinq mois, est-ce que je la reverrai un jour ? » Nous avons tous lu les mêmes textes, les mêmes descriptions froides, les mêmes tableaux cliniques, les mêmes diagnostics. Délires paranoïaques, hallucinations auditives, troubles de la perception, obsession de la robe de mariée… Nous sommes exposés au même kaléidoscope changeant des théories et des thérapies : dogmatismes cycliques, modes soignantes, antipsychiatrie, ouverture sur la cité, clôtures renforcées, hôpital de jour, partisans de la psychothérapie et supporters de la pharmacopée…

Les proches des schizophrènes sont de toutes origines. Certains fuient pour ne pas s'autodétruire. D'autres espèrent encore. Personne ne veut imaginer l'irréversible. Comment se résigner à voir un enfant, un frère, une sœur, comme absenté du monde, perdu à jamais ? On aime entendre parler de rémission. Un tiers s'en sort, paraît-il. Un tiers ! Pourquoi pas le nôtre ? Il va revenir de l'autre monde. Hier il était mieux. Hier il était plus calme. On ressasse les chiffres : « La schizophrénie concerne environ 0,7 % de la population mondiale, dont 600 000 personnes en France. Elle se déclare le plus souvent à l'adolescence, entre 15 et 25 ans. » 0,7 % ? Ça nous étonne d'abord un peu. Nous aurions dû pourtant nous en douter. Voilà pourquoi nous nous sentons si seuls, parfois. Et tellement incompris. Nous, nous avons tendance à la voir partout, la schizophrénie. Sous diverses formes. En doses homéopathiquement diluées. Nous sommes condamnés à imaginer chez les autres, comme en nous, le pire. Nous savons bien, cependant, qu'elle produit un phénomène sans comparaison.

Chacun porte sur son visage et son corps une question sans réponse. Une connivence spéciale s'établit. Un malheur commun nous relie. Une solidarité d'affliction. Nous pleurons facilement. Nous pleurons ensemble pour l'humanité entière. Nous pleurons pour les crimes commis en commun, pour le crime absolu. Mais la schizophrénie, ou ce qu'on appelle ainsi à défaut d'un mot qui manque, ou le trouble mental en général, ou la mélancolie du grand âge, va chercher en nous d'autres larmes encore, des larmes venues du tréfonds, des larmes personnelles. L'absence au monde, c'est peut-être ce qui suscite en nous, les proches, le plus de larmes, et d'une teneur particulière.

Nous habitons dans les parages d'une région très toxique. Nous sommes tous plus ou moins atteints. Aux premières loges du délire qui menace. Ça s'entend, ça se voit. Notre réunion, c'est un peu : proches de fous anonymes.

Tout cela ne va pas sans un certain malentendu. En parlant avec d'autres confrontés à des situations apparemment comparables, j'ai compris que Constance était parmi les cas les plus graves, comme on dit. Et j'ai compris pourquoi je voudrais tellement, en fin de compte, pouvoir m'esquiver. Je me sens trop vulnérable. Je crains la contagion, la chute mentale imprévisible, le basculement psychique. Je dois faire partie des âmes faibles.

*

Autrefois, j'étais fasciné par Hölderlin. Ces jours-ci, j'ai relu les poèmes dits « de la folie de Hölderlin ». J'ai tenté l'impossible : approcher un peu, à travers sa biographie, l'énigme de son existence. Je ne suis pas entré dans sa peau, ça non, mais j'ai vécu quelques semaines dans son voisinage. J'étais en train d'écrire mon petit texte quand un nouveau livre est paru sur le sujet. La thèse de l'auteur, d'après ce que j'ai cru comprendre, c'est qu'Hölderlin n'était pas fou. Ce qui ne correspond pas vraiment aux témoignages des contemporains qui ont inspiré mon récit :

« Ce qu'on nomme la folie de Hölderlin a duré trente-cinq années, soit la moitié de sa vie. Il entre à la clinique de Tübingen le 13 septembre 1806, à trente-six ans. Il ne faut pas moins de trois hommes pour le transporter de la voiture à la clinique. Il y restera deux cent trente et un jours. On le confie ensuite aux bons soins du maître menuisier Zimmer, le menuisier attitré de la clinique. Zimmer a lu *Hypérion*, connaît le poète Hölderlin. Chez Zimmer, Hölderlin occupe le premier étage d'une tourelle au-dessus du Neckar. C'est une petite pièce blanchie à la chaux en forme d'amphithéâtre. De là, on voit le Spitzberg et l'Alpe souabe.

Des yeux exorbités, des yeux qui roulent sur eux-mêmes, des yeux qui ne savent plus distinguer le dedans ni le dehors. Des gémissements, des halètements, le bruit de la respiration comme un râle. Des courbettes à n'en plus finir. Mille façons de faire fuir, de mettre à distance. Partez ! dit tout le corps au visiteur. Des accès de folie furieuse, et parfois des cris convulsifs. Un des étudiants en médecine à qui on le présente, Justinus Kerner, note à propos d'un autre aliéné, Nikolaus Lenau, auquel il compare Hölderlin : “Plus ses crises sont violentes, plus elles sont brèves. Chez Hölderlin, il en allait tout autrement.”

Ses longues crises agitées sont entrecoupées de périodes calmes, apathiques, au cours desquelles il garde souvent le silence. S'il le brise, c'est soit pour utiliser des formules ampoulées, soit pour se cantonner dans le monosyllabique, soit pour s'exprimer en langues étrangères et inventer des mots.

Il lui arrive de dire : “À présent, je comprends l'homme, seulement parce que je vis loin de lui et dans la solitude.”

Ses grandes occupations : marcher pendant quatre ou cinq heures jusqu'à l'épuisement, arracher de l'herbe au passage, faire des bouquets et les froisser, frapper sur les haies avec un mouchoir, rapporter de ses promenades, si le mot convient, tout ce qu'il a trouvé, bois, ferraille ou cuir.

Se parle sans cesse à lui-même, répond par oui ou par non, surtout par non. Rit avec les enfants. Couvre des pages d'une écriture illisible, des poèmes indéchiffrables qu'il signe en général du nom mystérieux de Scardanelli, suivi de cette formule : “Avec humilité.” Lorsqu'il joue de l'épinette, ses ongles trop longs font un crissement sur les cordes. Quand on lui fait la lecture, il est trop distrait pour écouter. Substitue aux noms de hauts titres qui le rabaissent : “Majesté”, “Votre Honneur”. Souvent, quand on l'appelle Hölderlin, se fâche. Préfère être Scardanelli ou Buonarotti. À moins qu'il ne se fasse appeler “bibliothécaire princier”. Reçoit souvent debout, avec une politesse outrée. Délires oscillants de grandeur et de petitesse.

“Parfaitement sain, dit de lui le menuisier Zimmer, le plus brave des hommes. Boit sa chopine tous les jours, exactement à la même heure. S’il est devenu fou, c’est parce qu’il est trop savant.”

“C’est une demi-vie ténébreuse, dit son ami Wilhelm Waiblinger. De fait, nous ne savons pas s’il est encore du côté de l’existence.”

Quand on demande son âge à Hölderlin : “J’ai dix-sept ans”, répond-il. »

L’écriture de ce nouveau texte a eu le même effet que les autres : elle me dépayse tout en creusant mon obsession. Constance est toujours là, présente et absente. Elle hante mes fous terribles et sublimes.

*

Aujourd’hui, conversation avec Ysé au téléphone, pendant plus d’une heure. Constance a voulu lui arracher sa veste. Elle est dans une phase haute, me dit Ysé. Ce n’est pas la première fois que Constance lui fait peur. Après ses crises, régulièrement, elle lui dit : « Ma petite maman chérie. »

Quand je suis parti pour la piscine, j’ai oublié mon portable. Au retour, j’avais un message de Rachel sur mon répondeur. « J'aimerais bien que tu viennes. Turpin est chez moi avec un couteau. Il est dans la pièce d'à côté, je ne sais pas comment le faire partir. »

J'ai aussitôt rappelé Rachel. Elle a été étrangement laconique. « L'affaire s'est réglée sans heurt. Turpin est reparti, j'ai appelé le SAMU. Dommage que je n'aie pu te joindre. »

J'ai ruminé cette histoire toute la nuit. Je me sentais coupable de ne pas avoir été présent au bon moment. Le lendemain matin, j'ai rappelé Rachel. Elle m'a raconté en détail ce qui s'était passé.

« Turpin a sonné à l'interphone, je lui ai ouvert, sa voix était calme, il m'a même dit : "Excuse-moi, Rachel, je voudrais te parler de vive voix." Je lui ai ouvert la porte. Il portait un grand manteau. Quand il s'est assis, j'ai vu le couteau. Je lui ai dit que je lui faisais un café. Je t'ai appelé de la salle de bains. Comme tu ne répondais pas, j'ai appelé mon psychanalyste.

– Ah bon, tu es en analyse ?

– Oui, depuis trois ans. Je ne te l'ai pas dit. Ne m'en veux pas. Il n'y avait rien à en dire. Mon psy jusque-là, curieusement, était plutôt dans ma vie une personne perturbante. Il m'a juste dit une fois : "Vous ne savez pas dire non." Après chaque séance, j'étais désemparée. Il n'y avait aucun transfert. J'avais envie d'arrêter. Comme tu ne répondais pas, je l'ai appelé. Ça m'a étonnée moi-même. Il est venu tout de suite. Et j'ai vu quelqu'un d'autre. Il avait enlevé son masque. J'ai vu une personne juste, fiable, protectrice. Un être exceptionnel. Dès qu'il est arrivé, Turpin s'est calmé. Mais je crois bien que je vais déménager. »

Tout cela m'a laissé sans voix. J'ai eu l'impression que Rachel était loin de moi, tout à coup, que je n'avais pas répondu à l'appel quand il le fallait et que cela jetait un froid entre nous.

*

J'aurais dû me douter de quelque chose. Ce jour-là, son visage rayonnait d'une autre façon. Il rayonnait vraiment. Son sourire venait de l'intérieur. On voyait la jeune fille. Je lui ai fait un compliment, à Rachel. Elle m'a dit : « Voilà, j'ai rencontré quelqu'un. » Une phrase si banale dans sa bouche, elle d'ordinaire drôle et cynique. Je me suis entendu poser comme par réflexe la question rituelle : « Qui c'est ? » On redevenait des êtres ordinaires. « Tu ne t'en doutes pas ? C'est mon psychiatre. Enfin, mon analyste. » J'aurais dû me sentir heureux pour elle. Je le lui ai dit, d'ailleurs. C'était le minimum. Mais j'ai surtout continué à enfiler les clichés. Notre relation si originale se défaisait à vue d'œil. Comme un amant délaissé, j'ai voulu savoir quel nom m'avait supplanté.

« Hubert Maginot. C'est lui qui est venu l'autre jour me sauver quand il y avait Turpin avec son couteau.

– Hubert Maginot ? Mais je le connais, enfin façon de parler, j'ai occupé son appartement quand il a pris sa retraite.

– Il a gardé quelques patients. Dont moi. On n'arrête jamais tout à fait quand on est psychiatre. »

Elle a vu mon air. Elle a ajouté : « Mais ça ne change rien entre nous. » Encore une scie. Soudain, la Rachel que j'avais aimée, enfin aimée à ma manière, s'éloignait. Déjà j'étais en train de m'efforcer de l'oublier. Pourtant, je ressentais une jalousie. Un psychiatre me privait de mon amie. Ça me paraissait aggraver encore la trahison.

Je me suis senti très seul.

*

Fête de Noël chez les Novick. Famille presque rassemblée. Rassemblée, si l'on peut dire. Ysé et moi, Adrien, Ambroise, Alexandre, Adèle et leur petit Gabriel, deux mois, au milieu de toutes ses peluches. À propos de leur nombre, et donc de l'empreinte carbone, j'ai eu peur qu'Ambroise ne fasse une réflexion, mais non, il a été impeccable, Ambroise, il a pris Gabriel dans ses bras comme si c'était son enfant.

Joie de voir Ysé, joie de voir mes trois fils, joie de voir Gabriel, mais triste fête.

Constance, une fois de plus, a été hospitalisée. On n'en parle pas, de Constance, le moins possible. Cependant elle est là, parmi nous. Nous croyons ne pas en parler et elle occupe obliquement toutes nos phrases. Son spectre nous hante. Elle est au bout de toutes les langues. Son emprise sur nos conversations nous grève tous d'une terrible angoisse.

Adrien, on n'en a pas parlé non plus. Sa présence physique dans la maison nous l'interdisait. Il était là sans être là. Pendant toute la soirée, il est resté le plus souvent enfermé dans sa chambre, devant ses écrans. On l'a aperçu de temps à autre, apparaissant fugitivement pour picorer ou se servir un verre de champagne, puis disparaissant de nouveau. Il faisait une partie d'échecs à haut niveau, nous a-t-il dit.

On attendait tous, sans se le dire, l'instant où le téléphone allait sonner. Ça n'a pas manqué, il a sonné. On a presque reconnu sa tonalité spécifique. Personne n'a eu l'indélicatesse de demander qui appelait. Tout le monde le savait.

Constance est revenue sur le tapis des paroles, bien au centre, comme un sujet irremplaçable.

« Est-ce qu'on pourrait parler d'autre chose ? » a dit Alexandre. Il s'est adressé à Ysé et à moi. « Pourquoi êtes-vous obsédés par elle au point d'oublier les bien portants, de vous oublier vous-mêmes ? Nous sommes venus de Bruxelles avec Adèle, Gabriel est une merveille, songez à tout ce qui va bien. » Ça a jeté un froid, mais nous avons bien compris son message. Je dois dire qu'en l'occurrence Alexandre m'a étonné au bon sens du terme. Un aspect de sa personnalité m'avait échappé. Il est conscient autant que nous. Simplement, il s'est construit une forteresse.

Pendant la suite du réveillon, on s'est extasiés à propos de Gabriel, on a feint de s'intéresser à l'actualité, de prêter attention aux petits succès du jour, aux petites choses de la vie, aux récits enjoués qu'on fait pour se distraire, comme on raconte une histoire à un enfant avant qu'il s'endorme. Les esprits étaient ailleurs.

*

Je marche moins. Je nage peu. Je mange peu. Je me réfugie dans la lecture, dans l'écriture. Je lis comme un fou. C'est moi, maintenant, qui préfère les livres aux hommes. Je lis sans lire. Je dévore, je parcours, je saute, je cherche. Je me déplace du canapé à la cuisine avec quatre livres sous le bras. Ils n'ont pour point commun que le désordre mental : *Séraphine de Senlis* de Vircondelet, *Ciel vert ciel d'eau* de Mavis Gallant, *Les Fous littéraires* de Queneau, *Lettres à Hélène* de Louis Althusser. Ce sont de beaux livres, intenses, qui me font frémir ou pleurer : *Dans la nuit de Bicêtre* de Marie Didier, *Personne* de Gwenaëlle Aubry, *Joséphine* de Jean Rolin, *Gaspard de la nuit* d'Élisabeth de Fontenay, *Le Paradis entre les jambes* de Nicole Caligaris, *La Robe bleue* de Michèle Desbordes, *Eduard Einstein* de Laurent Seksik, *Route de nuit* de Clément Rosset, *Face aux ténèbres* de William Styron… Je sonde des figures littéraires de la schizophrénie : le Louis Lambert de Balzac, Erika dans un roman de Gary qui a eu peu de succès, *Europa*. M'intéressent particulièrement les « fous moyens », les « psychopathes variés », les « trublions intermédiaires entre la normopathie et la psychose » – expressions que je relève chez Jean Oury. J'aimerais comprendre ce qui a fait basculer la jeune fille bègue de *Pastorale américaine* dans la folie meurtrière. Je regarde en boucle *Elle s'appelle Sabine*, le documentaire de Sandrine Bonnaire sur sa sœur. *La Fêlure* de Fitzgerald est mon évangile du trouble profond, ma bible de la chute intérieure, il dit selon moi ce qui se joue entre la dépression et la schizophrénie, entre Scott et Zelda, et je lui préfère le titre américain : *The Crack-Up*. Parfois, c'est d'abord un titre qui m'attire : *Théorie quantitative de la démence* de Will Self, *Dites-nous comment survivre à notre folie* de Kenzaburô Oê.

Dans *Histoire de la folie* de Michel Foucault, je médite des phrases comme celle-ci : « Telle est la pire folie de l'homme ; ne pas reconnaître la misère où il est enfermé, la faiblesse qui l'empêche d'accéder au vrai et au bien ; ne pas savoir quelle part de folie est la sienne. Refuser cette déraison qui est le signe même de sa condition, c'est se priver d'user jamais raisonnablement de sa raison. Car s'il y a raison, c'est justement dans l'acceptation de ce cercle continu de la sagesse et de la folie, c'est dans la claire conscience de leur réciprocité et de leur impossible partage. »

Je cherche dans les livres des révélations sur toutes les formes de la détresse psychique.

*

C'est en relisant *Nadja* de Breton, un de mes textes fétiches au sortir de l'adolescence, que le nom de Constance a surgi pour la première fois dans mes exercices d'écriture obsessionnelle :

« À une époque inaugurale de son existence ravagée, pour un esprit poétique, Constance pouvait présenter quelque ressemblance avec la Nadja décrite par Breton. Il n'était pas tout à fait impossible de déceler en elle quelques signes ascendants.

Comme Nadja, elle était si frêle qu'elle se posait à peine en marchant. Elle aussi quelquefois allait la tête haute, contrairement à tous les autres passants. Elle aussi était curieusement fardée comme quelqu'un qui, ayant commencé par les yeux, n'a pas eu le temps de finir. Un sourire imperceptible, très mystérieux, errait parfois sur son visage.

Que pouvait-il bien passer de si extraordinaire dans ses yeux de fougère ? Que s'y mirait-il à la fois obscurément de détresse et lumineusement d'orgueil ?

Pendant que j'étais terrifié par sa présence hallucinée, d'autres décelaient-ils en elle un pouvoir médiumnique, une magie de voyante, l'extraordinaire faculté de faire apparaître des coïncidences pétrifiantes ?

J'avais lu *Nadja* en toute innocence autrefois. Cette rêverie de Breton, je la relis désormais à partir de Constance. Constance ne sera jamais pour moi comme une passante. Elle ne sera jamais une *soror mystica.*

“Il se peut que la vie demande à être déchiffrée comme un cryptogramme.” Il se peut aussi qu'elle soit un calvaire. Il y a des situations concrètes où l'on ne peut s'adonner exclusivement à une recherche exploratoire ni se cantonner dans une posture métaphysique. Quand on assiste quotidiennement à un désastre intime, à l'effondrement d'un être cher face auquel on se sent impuissant, il est difficile d'exhausser la souffrance, de la voir comme la manifestation du surréel de nos existences.

Dans le le livre-enquête d'une écrivaine hollandaise, Hester Halbach, à propos de la vraie Nadja, Léona Delcourt, je lis, doublant le récit de Breton d'un réalisme pathétique, le procès-verbal de la police du 21 mars 1927, cinq mois après la rencontre avec Breton, avant que Nadja, ou plus exactement Léona Delcourt, ne soit internée : “Envoi d'urgence à l'infirmerie spéciale Préfecture de Police. Amenée au poste central du 18e, sur réquisition de Mme Richard, gérante hôtel 4 rue Becquerel. Ne répond à aucune question. Crie, pleure. Voit des hommes sur les toits.”

Lors de son internement, Léona casse à poings nus treize carreaux en verre armé, frappe à plusieurs reprises une religieuse, surveillante du service. Elle est décrite comme “impulsive, violente, bruyante, turbulente, hallucinée”.

En 1927, pendant que Breton écrivait *Nadja* à Varengeville, le diagnostic des médecins mentionnait, concernant Léona, un “état psychopathique polymorphe à prédominance de négativisme et de maniérisme”. Le psychiatre, Benjamin Logre, écrivait dans son rapport : “Dépression, tristesse, inquiétude. Phases d'anxiété avec peur. Supplie qu'on la tue tout d'un coup. À d'autres moments veut danser, fredonne, idées d'influence. On agit sur elle à distance, on lui parle, on devine ses pensées, on lui envoie des odeurs, on travaille son corps à l'électricité. Elle est ‘médium’. On l'empêche de se nourrir depuis trois jours. Idées de négations. Elle n'a plus de salive. Langage bizarre. Gestes inopinés et impulsifs. Voyait des individus suspects sur le toit de sa maison. Appels au secours. Scandale. Serait troublée ainsi depuis quelques semaines seulement. Fatigue générale. Pâleur. Maigreur. Inanition. Pouls : 130.” »

Je sais ce qu'on pourrait me dire à propos de ces observations psychiatriques, si triviales et si froides. Elles montrent un autre versant, de façon tout aussi unilatérale. Dans les lettres de Nadja, il y a des fulgurances : « Je suis comme une colombe blessée par le plomb qu'elle porte en elle » ; « Chaque jour la pensée se renouvelle. Il est sage de ne pas s'abstenir sur l'impossible » ; « La fin de mon souffle est le commencement du vôtre ». Lorsque Breton lui demande : « Qui êtes-vous ? » elle répond sans hésiter : « Je suis l'âme errante. » Oui, Nadja de prime abord peut être fascinante. Mais ce sublime n'exclut pas la souffrance.

J'ai écrit dans mon journal : « Décidément, je ne peux pas esthétiser l'expérience de la folie et l'envisager seulement comme un cryptogramme. »

En fait, ce n'est pas sur Ilona, Hölderlin, Walser, Nadja, pas même sur les corps errants que je voudrais écrire. C'est sur Constance. Je voudrais écrire l'impossible roman de Constance. Pourquoi prendre des chemins de traverse ? J'ai arrêté là provisoirement mes tentatives.

*

Aujourd'hui, il pleut des cordes. « Quel temps, dit le fou météo. Quel temps ! » Il est toujours posé là, sur le même bout de trottoir, comme cinq ou dix ans plus tôt. Il tient le coup. À croire que la folie conserve. Voici que les cordes deviennent des grêlons, d'énormes grêlons, du jamais-vu. « C'est pas normal, dit le fou météo, c'est pas normal. Ça va être la fin du monde. » J'ai passé mon chemin et je me suis dit : Le dérèglement climatique va certainement élever encore davantage, si c'est possible, le taux du dérèglement psychique. Lors du prélèvement des substances toxiques, on ne tient pas suffisamment compte des particules fines de la folie générale.

Je me suis remis à marcher comme un fou. De façon encore plus erratique qu'auparavant, avec une attention aux autres plus épuisante que jamais. Une dame dit très fort dans la rue : « La tête, des moments, elle suit plus. » À un passage clouté où nous attendons ensemble le feu vert, un fossoyeur funéraire jovial, heureux de vivre, me parle de sa formation, quatre-vingt-seize heures de droit et psychologie du deuil, et des exigences du métier de maître de cérémonie : avoir du tact, savoir ne pas rire, ne jamais plaisanter. Au pied d'un arbre, une mystique me vante, en sus de quelques séances de méditation, son élixir de baleine-pilote idéal selon elle pour nettoyer tous mes chakras et tous mes centres énergétiques, elle a aussi un pendentif à mettre sur le chakra du cœur pour remédier spécialement à mes crises d'anxiété. Plus loin, au bord du Rhône, un inconnu m'accoste et me dit d'un air entendu : « Évidemment que les Américains ne sont jamais allés sur la Lune. »

Je croise le plus souvent des gens très normaux. Des femmes aux traits fatigués tirent compulsivement sur leur cigarette en bas des immeubles, des hommes parlent à leur portable, des amoureux du macadam s'enivrent de selfies, des acheteurs névrotiques contribuent à maintenir, grâce à leur carte bancaire, à la fois le taux de croissance, l'obsolescence programmée et la démence marchande. Dans les tabacs, des humains grattent et crissent, Loto, Quinté plus, Millionnaire, Française des jeux... Des cadres imbus de leur fonction courent cravate au vent avant le prochain burn-out.

L'autre jour, dans ce flot, j'ai aperçu Angelo, le jeune agent immobilier. Très courtois, très souriant, détendu, bien dans sa peau. Je lui voyais un devenir fragile, type Adrien ou Ambroise, mais non, apparemment, c'est plutôt un devenir Alexandre. Je lui ai proposé de prendre un pot. Il m'a dit : « Une autre fois, je suis pressé. »

Moi, j'avais soif. Je me suis arrêté dans un café. Un seul client au bar, un habitué manifestement, et dans la salle une femme à lunettes, dans la quarantaine, vêtue de manière austère, marron et noir, comme éteinte, silencieuse mais agitée, une femme dont on pourrait presque croire qu'elle est de la maison, qu'elle vit ici. Elle ne tient pas en place, se lève, se rassoit, tournant autour de la table, se regardant dans la glace, faisant le geste de se recoiffer, m'épiant du coin de l'œil derrière des lunettes épaisses cerclées d'une monture voyante. J'ai éclusé un viognier et je suis ressorti. Je suis sans doute entré dans une nouvelle phase. Je ne peux plus supporter les fous urbains.

*

Depuis que je n'ai plus Rachel, si je puis dire, mes symptômes ordinaires s'aggravent : crises de mélancolie, bouffées d'empathie excessivement aiguës, hypersensibilité au bruit, phases cycliques d'altruisme forcené et de misanthropie, effusions communielles sans objet, gestes d'affection générale sans adresse particulière, distraction extrême qui me fait tout perdre, portable, carte bancaire (l'autre jour, je cherchais mes clés, je les ai retrouvées dans la poubelle, un voisin m'a aidé), vertiges métaphysiques heureusement passagers, velléités de manifester contre la mort. Symptômes assez courants pris un à un, mais qui, ajoutés les uns aux autres, rendent le sujet très instable et produisent un cas singulier.

À la façon de mes fous moyens autoanalytiques, je connais mes caractéristiques mentales. Je me demande parfois si je ne suis pas l'un d'eux.

J'ai noté dans mon journal intime : « Moi, Sandor Novick, entre moi et moi, je le déclare solennellement, j'ai un grain. Juste un petit grain. Et parfois aussi, un petit vélo. Je le sens, mon petit vélo, j'entends sa chaîne, il mouline de l'intérieur, et moi je cause, je cause irrépressiblement, ayant mis l'aiguille sur un de mes disques rayés ou plutôt le pied sur la pédale, puis je m'entends dérailler. Je ne suis pas le seul. Ce n'est pas une excuse. Quand j'interpelle le premier venu, au coin de la rue, à l'abribus, et même dans une rame de métro, je me dédouble. Je me vois. Je m'interroge. Dans le tableau psychotique de la ville, je ne suis pas hors-champ. Quel est cet homme qui demande son chemin à n'importe qui, même quand il le connaît, son chemin ? Veut-il seulement entrer en contact ? Ou bien trouer son sac de peau ? Cherche-t-il autre chose de plus intense encore ? Ce type qui a mon corps est-il emporté par un élan obscur ? Pourquoi est-il désireux de toucher les autres, juste un peu, à la moindre occasion, aimant prendre par l'épaule, n'hésitant pas à donner une petite tape amicale ? Est-ce simplement pour leur dire, aux autres, que nous sommes dans le même bateau qui coule, le même bateau qui va vers le point Oméga, que ce n'est pas le moment d'entrer en guerre les uns contre les autres, qu'il vaut mieux écoper ensemble ? »

Je me suis nommé : « Sandor le solitaire assoiffé de relations humaines ».

En feuilletant le livre de Paul-Claude Racamier intitulé *Les Schizophrènes*, j'ai découvert qu'il pouvait y avoir des expériences psychotiques « normales, voire maîtrisées, exploitées par le *moi*, à distinguer cependant des expériences psychotiques des psychotiques lesquelles sont plus extensives et moins maîtrisables et en viennent à corroder le *moi*, dont elles traduisent aussi la foncière incertitude ». « Entre le monde en gésine et le monde en déroute, écrit également Racamier, il n'y a pas loin. Ainsi, la genèse et la fin du monde ne sont pas réservées aux schizophrènes, elles sont à tout le monde. » Je ne suis pas sûr de bien comprendre, mais ça me semble assez juste.

*

La ville est une drogue dure qui m'excite et m'épuise. Elle m'emporte dans le flot d'une hystérie générale. Mon crâne est traversé de voix volubiles. Des monologuistes envahissent mon espace auditif. Des trublions intermédiaires s'agitent. Des mutiques glacent l'atmosphère.

Marchant dans la ville en tous sens, traversant des places éventrées par des parkings et des bâtiments en construction, je suis envahi par des accès de fureur. L'air saturé de gaz d'échappement m'oppresse. Les voitures m'agressent personnellement. Des marteaux-piqueurs s'attaquent à mon for intérieur. Soudain je m'entends parler à haute voix. Je fulmine contre l'occupation des sols. Je m'écrie : « Après l'archéologie, après l'achèvement des fouilles, allons-y, place nette aux promoteurs ! » Ce n'est pas moi, c'est ma voix. Des idées de suicide me traversent, pas des idées sérieuses, mais des idées.

*

J'ai raconté à Sylvain mes dernières angoisses. « D'après ce que je comprends, Sandor, m'a-t-il dit, tu t'enfonces. Il faut que tu prennes tes distances. Tu as terriblement maigri, tu t'en rends compte ? »

Il n'a pas employé l'expression « lâcher prise » et je lui en sais gré.

Mes distances, mais comment ?

« Fuis la folie, change de vie. Fais table rase de tes fous. Disparais. Prends soin de toi. Rencontre des gens normaux. Constance te fait du mal et tu ne lui fais pas de bien. Sais-tu que la folie est contagieuse ? Si tu continues dans cette voie, Sandor, tu vas sombrer à ton tour. Oublie tes cinglés. Oublie même Constance.

– Mais c'est ma fille, comment l'oublier ?

– Façon de parler, bien sûr, mais n'imagine pas que tu puisses changer quelque chose à son délire. Tu n'y peux rien. »

Sylvain m'a secoué. Il a même cité Nietzsche pour me convaincre, ce qui n'est pas dans ses habitudes. « Selon Nietzsche, il faut fuir le voisinage des hôpitaux et des maisons de fous de la civilisation. »

*

Je suis resté enfermé pendant deux jours à écouter Schumann en boucle, les *Études symphoniques*, et à boire du thé. Ma Constance ! Ma fille ! Comment pourrais-je laisser ma Constance ?

Deux jours hors du temps. Deux jours prostrés où j'ai compris l'expression : toucher le fond.

J'aurais voulu pouvoir pleurer. J'aurais voulu pouvoir parler à Rachel. J'ai pensé intensément à Joseph, à Edmée. J'ai prié pour Constance. J'ai prié d'une autre manière pour Ysé. Pour qu'on se retrouve un jour.

J'ai aussi pensé à disparaître.

Au bout de ces deux jours, je me suis dit : Sylvain a raison. Je vais prendre mes distances. Il y a un moyen auquel je songe depuis longtemps. Un moyen simple. Ne plus faire face chaque jour au flux des humains. Ne plus chercher un regard dans la foule des hommes. Recourir aux forêts. Changer de lieu. Quitter la ville. Repartir à zéro. Habiter une région dépeuplée. Oublier Constance, du moins un peu, si c'est possible.

Jusqu'ici, je n'ai eu qu'une vie. Je suis prêt à payer cher pour une transmutation. Pour arracher mon masque, faire voler en miettes le moi de Sandor Novick, recréer un moi nouveau. Je n'ai pas peur de la solitude. Les constitutions fragiles cherchent parfois un apaisement dans les régions désertées. Je n'ai rien trouvé d'autre que le retrait. Je gagnerai en détachement.

III

J'hésitais encore entre la Haute-Loire et la Lozère quand j'ai fait la rencontre d'un notaire du Puy-en-Velay. Il a mon âge. Sa mélancolie est immédiatement visible. C'est une mélancolie régionale, peut-être même plus précisément du type Haute-Loire. Il se prénomme Pierre-Emmanuel. J'ai senti qu'il me comprenait. Quand il m'a emmené dans sa BMW en direction du Monastier-sur-Gazeille, la raison pour laquelle nous étions réunis m'a paru assez vite secondaire dans la conversation. Il a un fils qui va mal, lui aussi. Et une fille qui décroche. Pierre-Emmanuel m'a appris les hauts faits historiques du Monastier. C'est là que Robert Louis Stevenson, en 1878, a commencé son voyage avec un âne dans les Cévennes. Au VIe siècle, Calminus, un seigneur gallo-romain, s'est installé en ermite au lieu-dit « Le Villard », appliquant la règle énoncée par saint Martin de Tours : viser la solitude. D'autres anachorètes se sont installés dans des grottes alentour. Tout cela m'a énormément plu. Je me suis dit : Le Monastier est mon destin.

C'est au lieu-dit « La Vie », une ancienne ferme plantée sur un flanc de la montagne à vaches, face au mont Mézenc, toute seule au milieu des champs et des bois. Sa date de construction est gravée sur une pierre de taille : 1826. Elle a tenu bon. Elle a traversé les siècles. « Des maçons du Limousin venaient jusqu'ici pour bâtir, m'a dit Pierre-Emmanuel. Elle est vendue avec sept hectares. » J'ai pensé à Ambroise. Ça lui plairait, je crois. Et moi, j'aimerais avoir des chevaux.

J'ai embrassé le paysage avec ferveur. Une terre pentue, une nature à perte de vue, un vent qui souffle en permanence sur les herbes hautes, des plateaux mauves de bruyère, des petites vallées, des sommets qui n'écrasent pas trop, quelques rares maisons, au loin, qui épousent la montagne. Des bêtes qui décorent les prés de leurs taches brunes. Un milan noir qui cherche sa proie.

Un paysage rude et majestueux qui a sa propre justification et fait oublier la mort. Un désert, mais un désert habité. Un désert humain.

J'aimerais tellement qu'il vienne ici, Ambroise.

Sur le plan du diagnostic écologique, pour l'instant, ce n'est pas l'idéal, mais je suis prêt à y remédier. Je suis prêt à tout pour plaire à Ambroise, à casser et à reconstruire s'il le faut.

« C'est de plus en plus rare, maintenant, m'a dit Pierre-Emmanuel, des maisons dans leur jus, préservées, authentiques. Le plus souvent, elles ont été massacrées. Celle-ci est en vente depuis deux ans, on attend un coup de cœur. »

Le coup de cœur, ce sera moi. À quoi bon visiter d'autres lieux-dits ? Comme à Angelo il y a un an, j'ai dit avec chaleur à Pierre-Emmanuel : « J'achète. » J'ai pensé à l'adresse nouvelle : Sandor Novick, La Vie, Le Monastier-sur-Gazeille.

*

Je me suis installé en septembre dans la maison de Marguerite. C'est, ou plutôt, c'était le nom de la paysanne. Il y a encore sa vieille table. On a juste enlevé son bol. Jusqu'à la fin, elle a eu trois vaches. L'étable a conservé leur odeur et leurs mangeoires. Eau de la source, vieux planchers, terre battue. J'ai gardé l'armoire de mariage. Les placards en bois vermoulus ont du charme. Derrière eux, contre le mur adossé à la montagne, la cave suinte. Un fourneau bouilleur est branché sur le conduit d'une vaste cheminée, entre les deux corbeaux. La chaleur monte dans les chambres, m'a dit Pierre-Emmanuel. Je veux réfléchir avant de faire des travaux. Consulter Ambroise quand il viendra. Cette simplicité me plaît. Elle me rappelle l'idéal d'Ambroise : sobriété heureuse. Quand je me ravitaille à la petite épicerie du village, je pense à la valeur de chaque chose. Un paquet de sel me semble une denrée rare. Je me suis tout de même branché sur Internet. J'ai tort, sans doute. Heureusement, ça ne marche que par intermittence.

*

Il y avait beaucoup de choses à jeter chez Marguerite. Des vieux matelas, des couvertures mitées, un sommier, des vieilles tasses ébréchées, des pots rouillés, des vases de nuit… À la déchetterie, où je suis avec application les règles du recyclage, un petit homme entre deux âges récupère mon énorme pile de vieux journaux, des exemplaires de *La Montagne*. Ça lui servira à allumer le feu. « J'ai plus envie de vivre, me dit-il. Je suis tout seul. J'ai même plus mes parents. »

*

Je lis, je marche, j'herborise, j'observe les oiseaux. J'ai acheté chez un bouquiniste un guide de la flore en Haute-Loire en deux tomes et un guide des oiseaux et mammifères de Haute-Loire. Je me suis abonné à *La Hulotte*. Ils concoctent ici une de ces liqueurs qui me rend le pays encore plus aimable. Je sirote la verveine du Velay en lisant Stevenson. Dans une librairie du Puy, j'ai trouvé *Voyage avec un âne dans les Cévennes*. Le début m'a enchanté : « Dans une petite localité nommée Le Monastier, sise en une agréable vallée de la montagne, à quinze milles du Puy, j'ai passé un mois de journées délicieuses. Le Monastier est fameux par la fabrication de ses dentelles, par l'ivrognerie, par la liberté des propos et les dissensions politiques sans égales. » C'est là, au Monastier, que Stevenson fait ses préparatifs, là qu'il trouve son ânesse Modestine pour l'accompagner. Je les ai suivis sur les chemins, dans les auberges, jusqu'au bout, Robert Louis et Modestine. J'ai lu *Voyage avec un âne* presque d'une traite. Ça fait si longtemps que je n'avais pas lu un livre sur un sujet autre que la folie ! Quel plaisir ! Ce voyage est si drôle, si vivant. J'ai l'impression de me désintoxiquer.

En lisant Stevenson, j'ai pensé à Ambroise. Il aimerait

comme moi cette capacité de s'étonner, de regarder autour de soi, de prendre son temps, mais il désapprouverait la manière dont Robert Louis traite son ânesse, ainsi que la citation de Sophocle mise en exergue : « Il y a beaucoup d'êtres puissants et rien n'est plus puissant que l'homme. Il surpasse, par ses ruses, le monde rural. »

Je regarde le paysage alentour et je me dis : C'est ça, à peu près, ce que voyait Stevenson. Pour Stevenson, Le Monastier était un point de départ, pour moi, c'est un point d'arrivée. Ou plutôt, un point de recommencement.

*

Ça n'a l'air de rien, de changer de numéro de portable, mais c'est pour moi un geste fort, une démarche presque violente. Je me suis souvenu de la prescription de Sylvain : faire table rase. Plus d'Abdil, plus de Volodia, plus de Lancelot, plus de Nadia. Si, avec Nadia, on garde le contact. On s'écrit. Avec Laetitia aussi. Mes agités du téléphone vont me manquer et me libérer. Leurs voix attachantes étaient une drogue. Leurs voix tourmentées, une souffrance. Constance, peut-être, ne m'obsédera plus de la même façon. J'aurais dû jeter mon portable et ma box, toutes mes prothèses. Pas le courage. Je veux des nouvelles d'Ambroise. D'Alexandre. D'Adrien, si jamais un jour il rompt le silence entre nous. Et même si je ne veux pas me l'avouer, j'aime entendre la voix d'Ysé. Quel que soit le sujet.

Ysé, justement, vient de m'appeler : Ambroise a eu des ennuis avec la police. Ce n'est pas la première fois. Il allait rejoindre une ZAD avec un copain et une copine. Une ZAD dont j'ai oublié le nom et qui n'était peut-être pas encore vraiment formée, un projet de ZAD, m'a dit Ysé, oui, c'est ça, Ambroise a voulu rejoindre une ZAD virtuelle, m'a-t-elle dit, sans que personne sache si elle existait, cette ZAD, même à l'état embryonnaire, c'était en Aquitaine, croit Ysé, ou dans le Gers, les gendarmes ont cueilli Ambroise et les deux autres dès leur arrivée, il semblerait qu'Ambroise était à l'initiative de cette ZAD en germe étouffée dans l'œuf, toujours est-il qu'il a été interpellé et placé en garde à vue. « Heureusement il vient d'être relâché, me dit Ysé. Il va de manif en manif, j'ai peur pour lui. » Moi aussi, j'ai peur pour Ambroise.

J'ai pensé : Ambroise, c'est un peu moi. Déjà, quand il était enfant, si doux, si affectueux, si empathique, je m'identifiais à lui.

*

Dans un hameau non loin de La Vie, au cours d'une de mes promenades, j'ai sympathisé avec Armel. Il était sur le devant de sa porte. Armel somatise à l'extrême. Des verrues étranges lui poussent sur le corps, des eczémas le démangent, des maladies innommables et bizarres le minent, que l'hypocondrie augmente et multiplie. C'est un de ses sujets favoris. Il cite des symptômes rares, des noms bizarres que je ne retiens pas. Il fait du stop une fois par semaine pour se rendre à l'épicerie du village. Il a une grande barbe et occupe pour rien une maison de pierre que lui laisse la mairie, où il accumule des ordinateurs désossés. Spécialisé dans la réparation de matériel informatique, il propose un service de dépannage. Cependant, il cherche une zone intégralement blanche. Tous ses malheurs, me dit-il, viennent des ondes. Je lui ai apporté un vieil ordinateur pour lui donner un peu de travail. Il est ici depuis deux ans, déjà. Il parle avec une grande douceur. Il veut me faire profiter de son expérience. Il me raconte le pays. Quelquefois, il ne me raconte plus rien du tout, on a l'impression qu'il a fait vœu de silence. Aujourd'hui, il coupe de grosses branches sur une chèvre avec une scie à bois. Il me dit : « Ici, l'hiver est précoce. » Oui, je sais, et qu'on est à mille mètres, et que le printemps se fait attendre longtemps. J'aime cette perspective de devoir faire face à l'adversité du monde extérieur. Mais c'est une autre adversité encore qui nous attend, même en Haute-Loire. Ces hivers dont on parle encore comme d'une marque locale, ce sera bientôt de la préhistoire, sans doute.

Tout de même, le 14 novembre, il a neigé. On doit me livrer du bois dans quinze jours. Ça caille dans la maison de Marguerite. J'ai pris le sentier rocailleux qui mène, au bout de huit cents mètres, à la ferme de Georges. Quelques paysans ici sont les derniers des Mohicans. Ils pourraient figurer dans le film de Depardon, *La Vie moderne*. Je porte sur eux le même regard de tendresse. Georges est mon voisin le plus proche. Je n'arrivais pas à faire démarrer ma tronçonneuse. Il est tout de suite venu m'aider. On a débité des chutes de scierie. Marguerite en avait fait venir de gros paquets serrés par des ficelles, un camion les avait déposés au bord du chemin juste avant qu'elle meure, il y a trois ans. J'ai offert à Georges un verre de côtes-du-forez. On a trinqué. Il m'a dit qu'Alphonse, le mari de Marguerite, s'était pendu dans la grange, ça fait bien trente ans maintenant. Il allait pas fort, Alphonse, et puis il était pris par la boisson, c'était une petite ferme, la vie était dure, elle l'est encore. Avec Georges, on se ressert un verre. Georges était dans la même classe que Fabien, le fils d'Alphonse. Il se souvient que Fabien apportait les premières violettes à la maîtresse. Fabien travaillait comme ouvrier menuisier, il est mort à quarante-deux ans, à la suite d'une attaque, il n'y a pas longtemps, ça fait bien deux années tout de même, ça passe vite, ça n'a pas dû arranger le moral de Marguerite.

Quand Georges est reparti, j'ai eu un coup de blues. Le feu s'était éteint dans le fourneau bouilleur, je l'ai rallumé. L'hiver, ici, on se sent forcément un peu trappeur. La neige tombe, le feu crépite, ces deux musiques vont bien ensemble. C'est une neige qui d'une certaine façon rassure, une neige qui relie à tous les hivers enneigés du Velay, à toutes les histoires anciennes de congères.

La nuit tombait, la tempête s'est levée, il y a eu panne d'électricité, j'ai sorti les bougies, je me suis senti un peu coupé du monde, mais après tout, c'est ce que je voulais, non ? Je me suis couché sur la banquette, dans la pièce du bas, pour avoir plus chaud.

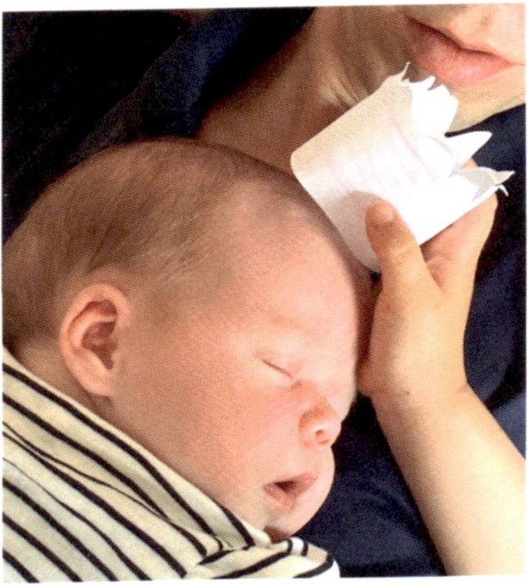

Mathilde

J'ai pensé malgré moi à Constance.

J'ai très peu dormi. Une mélancolie spéciale, type Velay peut-être, m'a envahi. On est loin de la tristesse urbaine. Une idée m'a traversé, qui m'a fait un peu de peine : quittant la ville, j'espérais sans doute secrètement attirer l'attention sur moi. Or le monde ne semble pas se soucier de ma disparition. Je ne manque pas aux rues de la ville. Je ne manque à personne. À quelques corps errants, peut-être, mais pas à mes amis. Est-ce que je manque à Constance ?

*

La semaine d'après il a fait chaud. Trop chaud pour la saison. On n'est pas bien, dit-on dans les cafés ou au tabac du Monastier. C'est pas normal, cette chaleur, fin novembre. C'est pas d'saison.

Ici, parmi les arbres et les écureuils, on n'a plus les foules pour noyer la solitude. Elle brille comme un talisman. On s'habitue au calme, au silence, au dépeuplement, comme l'urbain à l'entassement et au coude à coude. Parfois, on croise quelques chevreuils qui s'immobilisent avant de sauter un talus. Les sangliers font des trous dans les prés mais eux, on ne les rencontre presque jamais.

Aujourd'hui, mon piano a été livré. Un Schimmel. Présence étrange dans la maison de Marguerite. Je me suis remis à Schumann. Je travaille la deuxième pièce des *Kreisleriana, op. 16*, « très intime et pas trop rapide ». Je ne sais pourquoi, cette musique me fait penser à Constance. Je la joue pour Constance. Schumann la jouait pour Clara.

Georges est venu me dire que sa chatte vient d'avoir une portée. Je la connais bien, la chatte de Georges. Je lui donne souvent de la pâtée. À vrai dire, je ne sais pas comment Georges la nourrit, elle est si sauvage. Il va me garder un chaton. Je l'éduquerai. Les gens qui ne sont pas sensibles aux chats m'attristent.

*

J'ai fait appel à Gaspard, un artisan local, pour évaluer la charpente, étudier mes problèmes d'isolation. Je lui ai passé un mètre, j'ai sorti l'échelle. Il a pris des notes dans son cahier. Il est très méticuleux. Il évoque plusieurs hypothèses techniques, me les explique avec force détails que je ne comprends pas, c'est impressionnant de scrupule et de précision. Il me dit : « Je suis venu plusieurs fois ici du temps de Marguerite, ça n'a pas changé. » Quand je lui ai offert une verveine du Velay, il m'a dit non non, un jus, une eau, n'importe quoi, et surtout je ne veux pas déranger. Je lui ai servi un jus de pomme local et l'ai invité à s'asseoir.

« J'ai cinq passions, m'a dit Gaspard, une fois installé à la table de Marguerite. Dieu, ma femme, mes enfants, le vélo, mon métier. » Je ne sais plus exactement dans quel ordre il a dit ça, mais je me souviens qu'il comptait sur ses doigts.

Il a répété une à une ses passions, les a détaillées avec soin. Il a raconté toutes ses mésaventures d'artisan, mais aussi ses satisfactions. Il croit dans son métier. Autant qu'il le peut, il fait le bien. Il m'a parlé de ses six enfants, les uns après les autres. Tous en parfaite santé mentale, semble-t-il. Il m'a aussi dit sa foi en Dieu. Son regret que les églises soient désertées, que le curé de la paroisse prêche dans le vide, que les gens ne viennent plus à l'église que pour le cadre. Je l'ai approuvé. J'ai senti à son contact une immédiate fraternité. J'aimerais croire, moi aussi. Il a de beaux yeux bleus. Il m'a dit : « Je vois en vous une flamme, vous n'êtes pas comme tout le monde. Vous êtes habité. » C'est exactement ce que je pense de lui au même instant. Nous nous ressemblons, lui le croyant, moi l'incrédule. À quoi bon contacter quelqu'un d'autre ? C'est lui qu'il me faut pour mon isolation. Quand il s'est levé, la nuit était tombée depuis assez longtemps, j'ai regretté qu'il parte.

*

Ambroise m'a appelé. Il va venir me voir la semaine prochaine. Joie ! J'y ai pensé toute la journée. Au bar-tabac, aujourd'hui, tout le monde répétait encore : c'qu'il fait chaud, on est pas bien, il fait vraiment trop chaud pour un mois de décembre. J'ai pensé au fou météo.

Ici, je vois le monde avec les yeux d'Ambroise. Les poubelles vertes de la commune, sagement alignées, me fendent le cœur. Quand on les ouvre, un amas hétéroclite exprime avec franchise, dans son nuage d'émanations, toute la misère du monde : sans tri, sans recyclage, sans discours. Quand le tracteur de la commune nettoie le bord des routes, quelques bouteilles de bière émergent par endroits. On se dit que quelqu'un est passé. Des cohortes de motards défoncent les voies romaines, des 4 x 4 sillonnent la forêt, un lièvre arrête sa fuite pour s'immobiliser devant moi, il me regarde presque comme un ami. Des décharges à l'antique se reconstituent, on jette dans un pré à soi une vieille cuisinière, des arbres poussent au milieu des carcasses de voitures, des plastiques sont miraculeusement stoppés par des clôtures de fil de fer barbelé, tandis que d'autres s'en vont au fil de l'eau pour finir dans les océans, et bientôt les branchies d'une rascasse s'en ressentent. J'aimerais raconter l'histoire folle de ces lambeaux de plastique.

Dans mes promenades, je ramasse ce que je peux. Ambroise serait fier de moi. Je pense souvent à lui. Le souci d'Ambroise me fait une diversion. Il a pris le pas sur celui de Constance. Il est nettement moins désespéré. Je me dis : Au fond, j'ai un ami, c'est Ambroise.

Je rumine face à la montagne. Parfois un bleu d'azur me submerge d'une joie inquiétante, difficile à soutenir. Je suis un animal métaphysique. Un des derniers hommes de l'ère anthropocène. J'écris dans mon carnet : « Puisque l'espèce humaine est en péril, puisque nous sommes en marche vers la sixième extinction de la vie sur le globe, nous ne devrions plus penser qu'à ça. Ou alors, penser à tout autre chose pour ne pas devenir fou. »

*

Ambroise ne pourra pas venir te voir, m'apprend Ysé au téléphone. Il a été interpellé par la brigade de répression des violences, il paraît qu'on a trouvé dans son sac un casque de protection, un masque à gaz, des protège-tibias, un sac de billes et une tenue noire. Je n'arrive pas à le croire. Il est suspecté de « participation à un groupement formé en vue de commettre des dégradations ». Il est maintenant en détention provisoire. Il y a des charges contre lui, a dit l'avocat. Il est passible de trois ans de prison ferme et de 45 000 euros d'amende.

Je propose mon aide. « Ça ne sert à rien que tu viennes, me répond Ysé. Je te donne des nouvelles. Écris-lui, s'il te plaît. Dès que j'ai du nouveau, je te dis. »

J'ai écrit à Ambroise. Je lui ai raconté les circonstances de mon arrivée en Haute-Loire, mon installation au Monastier-sur-Gazeille, l'événement de l'hiver. Je lui ai dit que j'avais beaucoup pensé à lui, que j'étais écoradical moi aussi, mais à ma façon. « Viens, Ambroise, dès que tu es libéré, viens. »

*

Ce matin, Georges est venu m'apporter le chaton, je l'ai caressé, l'ai mis dans son panier et baptisé Calminus. Le facteur a frappé à ma porte pour m'apporter le courrier. Pourtant, il n'avait pas de recommandé. J'ai tout de suite vu à sa mine que ça allait encore moins fort que d'habitude. Je lui ai offert un café. J'ai disposé dans une assiette des biscuits au chocolat. Jonathan vit seul, il a dans les trente ans, il a fait quelques rencontres mais ça ne marche jamais. Après deux tentatives de suicide et plusieurs arrêts de travail, il a repris sa tournée à contrecœur. Il se trouve laid. Je tâche de lui remonter le moral. Je m'entends même lui déclarer qu'il a du charme. Je lui dis : « On est bien ici, c'est la vie tranquille. »

« Déjà que j'ai des problèmes psychologiques, continue Jonathan, je suis pas tombé sur le bon métier pour me remettre d'aplomb. » Des chiens lui sautent dessus, un retraité halluciné l'agresse régulièrement. Hier, un furieux a poursuivi sa voiture parce qu'il s'était trompé d'adresse, il lui a fait une queue de poisson et lui a donné un coup de poing. Jonathan me montre l'hématome. « Alors, quand on voit un monsieur comme vous, si gentil, continue Jonathan, on a envie de parler. » Je lui dis : « Appelle-moi Sandor, Jonathan, et on peut se tutoyer. » Sur le départ, il me lance un sourire de reconnaissance : « Merci, monsieur Novick. Merci pour le café et d'avoir causé avec moi. À demain. Ah si tout le monde était comme vous. » Quand j'entends vrombir presque joyeusement la Kangoo jaune, je me dis : Peut-être qu'il va un peu mieux, mais moi, je vais plus mal. Réceptacle des misères mentales. Confesseur des esprits torturés. Infirmier pour âmes à la dérive. Ça me suit partout. Mon empathie doit être visible au premier contact. Je ne pourrai donc jamais me défiler ?

*

C'est aujourd'hui jour de marché. Un ouvrier devenu paysan me dit devant son étal de légumes d'hiver, pommes de terre, navets, raves, potimarrons, poireaux, carottes, choux : « Même en plein soleil, à ramasser des pommes de terre, je sais pourquoi je suis ici. » Au café du village où je suis déjà quasiment un habitué, de vieux hommes esseulés se rassemblent et commandent un petit blanc pour commencer la journée. Je ne vois ni Reine ni Gérard. J'interroge la patronne. Elle me dit que Reine est partie. Elle a été retirée à Gérard après dénonciation des voisins sous prétexte qu'il la maltraitait. Je n'arrive pas à le croire. Je faisais régulièrement un brin de causette avec Gérard. Sa chienne s'appelait Reine, il n'avait que Reine dans sa vie, Reine attachée à la table du bar pendant qu'il sirotait son demi, il semblait l'adorer, je les complimentais tous deux.

En revanche, Didier est là, comme toujours, au comptoir. C'est un type costaud, tatoué, genre taulard ou ancien para, qui passe toute sa journée au bistro, les yeux vitreux. Il espère que quelqu'un va lui faire la causette. Avec moi, il est bien tombé. J'aimerais connaître son passé, je me demande ce qu'il fabrique là, lui aussi, dans ce paysage austère, loin de tout, manifestement étranger. Mais sur ce point, il est discret. Je ne saurai jamais.

*

Georges est un voisin précieux. Il me fait la chronique. Parfois un homme dans une maison isolée prend son fusil et tire sur un voisin. Un jeune père meurt d'un contentieux de haines accumulées en quelques années. Une femme se suicide.

Hier, le fils Berton, quarante-deux ans, est mort près du ruisseau d'un delirium tremens. Je le voyais souvent en haut d'une colline proche, vers les pommiers, enfermé dans son truck pour capter je ne sais quoi sur son portable. Quand on l'apercevait le matin, il promenait déjà des yeux hagards. C'est une famille à la Zola, avec vin dans les veines, on y boit la goutte à midi.

Il y avait autrefois ici dix boulangeries, me raconte Georges, trente cafés qui étaient souvent juste des maisons ouvertes, toute une activité quotidienne, une vie dont parlent les anciens et dont la mémoire pèse sur tous comme un passé qu'on regrette.

Ce dimanche, Georges est retourné à la pêche. « Je suis sûr que très tôt ce matin dans la Gazeille, le héron s'est servi en truites, sinon, comment expliquer que moi, vers huit heures, je n'ai rien attrapé ? Je vais tout de même pas aller pêcher la nuit. »

*

Aujourd'hui, une carte de Rachel. Elle est aux Bahamas. Avec Maginot, j'imagine. Carte très sobre, très conventionnelle. Où est sa drôlerie ? Où est son cynisme ? Elle est rentrée dans le rang. Son psychiatre l'a recadrée.

Je me suis souvenu de ce qu'elle m'avait rappelé : quand j'étais étudiant, je voulais partir à la campagne et devenir écrivain. Après tout, il n'est pas trop tard. C'est le bon moment pour écrire. J'écris. Je ne lis plus sur la folie, mais j'écris sur la folie. Elle me poursuit jusqu'ici, jusque dans ma thébaïde, jusque dans mon rêve bucolique. Je la sens, je l'observe.

*

Ici, la folie n'est pas moindre. Elle est autre. Elle a l'accent du pays. Elle court les champs, les villages. Elle fait les fenêtres petites, mure les jardins de palissades, se mêle à l'aboiement des chiens, au vent à travers la montagne. Les névroses sont carabinées à l'ombre des tas de fumier à l'ancienne. Les maisons sont défendues par des chiens qui les protègent des voleurs imaginaires. Des lieux loin de tout, où personne ne s'aventure, exhibent la pancarte « Propriété privée ». Les fous des champs ne ressemblent pas aux fous des villes. Je me demande si l'on a bien pris la mesure de l'influence du climat, du paysage et de la densité sur les différents types d'aliénations. Parfois un fou rural, classique, béret vissé sur la tête, hante le bourg le plus proche, deux épiceries, deux boucheries, trois boulangeries, un marché le jeudi. Il est assez gras, placide, il regarde les quelques beautés de passage, il apprécie en particulier les néorurales, il ne salue que les filles, et encore, que les jolies, mieux vaut qu'elles ne le croisent pas dans un bois. Il est assez bien intégré, le fou rural, il jouit d'une sorte de privilège car il est presque seul à occuper le lieu, un poste unique au seul carrefour un peu passant – jusqu'à ce qu'on ne le voie plus, jusqu'à ce qu'il disparaisse sans être forcément remplacé, et jusqu'à ce moment où il aura été recueilli ou enterré, le fou rural aura un peu moins souffert d'avoir vécu ici.

Moi aussi, je souffre moins. Au bourg, je ne m'attarde pas trop. Les arbres autour de moi m'apaisent. Chaque personne à proximité est précieuse. C'est une condition plus humaine. Le ciel est mauve, un faucon crécelle quitte son nid, un lièvre saute un talus, je m'émerveille.

Et je pense à Ambroise, à Adrien, à Alexandre. À Constance. À Ysé. À notre famille ravagée.

Dans les sentiers où je marche, il n'y a plus de corps errants pour me rappeler Constance. Les animaux guettent ou se terrent. La sauvagerie de la montagne semble parfaitement ordonnée. Tout y est apparemment à sa place. Je ne trouve pas de déraison dans la beauté du monde. J'aperçois une belette, un écureuil, un chevreuil, un lièvre. Je nomme quelques plantes. Je parle aux arbres. Le vent qui souffle sur mon visage, c'est le vent que Constance a toujours aimé. Je me prends à rêver qu'elle est là, tout près, dans cette fougère, dans la ramure de ce chêne, et que son chant accompagne celui des oiseaux. Que nous sommes tous deux apaisés.

Mon empathie se fait animiste.

*

J'ai reçu un appel d'Ysé. Ambroise vient d'être jugé. Trois mois de prison ferme. Il a été incarcéré à Fresnes. Puis à la Santé. Mis à l'isolement. J'ai eu hâte de le prendre dans mes bras. C'est un cadre spécial, le parloir. Chaque parole y a du prix. On vise une sorte de perfection minutée. Un mot qui blesse, et c'est la catastrophe. J'ai pesé mes mots. Je lui ai parlé de ma nouvelle vie. Ça lui a fait du bien, je crois. Lui aussi, il songe à une vie nouvelle. À la fin, il m'a dit affectueusement, sous l'œil du maton : « Ne t'inquiète pas, tout va bien, et à ma sortie, je viens te voir. »

*

Ce matin Jonathan, le facteur dépressif, m'a apporté un petit paquet. Il a pris un café comme souvent, mais aujourd'hui, je ne me sens pas disponible pour écouter ses malheurs. J'ai vu le nom et l'adresse de l'expéditrice.

Dès qu'il est remonté dans sa Kangoo jaune, j'ai déchiré le carton. C'est un disque gravé, avec un mot de Laetitia. Je ne sais pas comment elle a eu mon adresse. Je croyais qu'elle m'avait oublié. Depuis le temps. Mais le temps pour elle ne s'est pas écoulé. Je suis pressé de l'entendre. Au fond, c'est sa manière à elle de me donner de ses nouvelles.

Une voix de petite fille, presque inaudible, chante une complainte monotone en s'accompagnant au piano de quelques accords approximatifs. « S'accompagnant » n'est pas le mot. Dans sa lettre, l'auteure-compositrice me demande de la lancer. Elle doit imaginer en moi un ponte du show-business. Elle veut toujours « faire un album ».

Des larmes me montent aux yeux. Calminus a dû le sentir. Il vient contre moi. Je me dis : L'équilibre est un miracle. Nous sommes des funambules. J'ai pensé à Constance. J'ai joué à ma façon la quatrième pièce, très lente, des *Kreisleriana* de Schumann, en espérant que Constance entende cette musique.

J'attends plus que jamais la libération d'Ambroise, l'arrivée d'Ambroise.

*

Le ciel était bleu, un vent froid soufflait sur ce mois d'avril quand je suis allé chercher Ambroise à la gare. Il est venu avec son sac à dos, sa gourde, des exemplaires d'un journal belge, *Imagine demain le monde*, des livres de Pablo Servigne et Raphaël Stevens, *Comment tout peut s'effondrer. Petit manuel de collapsologie à l'usage des générations présentes* et *Une autre fin du monde est possible*. Sa copine l'a quitté pendant qu'il était en prison, celle avec laquelle il avait voulu créer une ZAD dans le Gers. Une déprime climatique et une déception amoureuse, ça fait beaucoup pour un jeune homme de vingt-cinq ans. Je ne sais pas s'il est plus défait par cette rupture ou par ses trois mois de prison. Sur sa vie privée, Ambroise ne dit rien, comme toujours chez les Novick. Il sort de prison plus écoradical, si c'est possible, qu'auparavant. « Que c'est bon, me dit-il, de voir le ciel, et bleu en plus. Franchement je ne sais pas comment ils font, ceux qui sortent de prison après des années. Trois mois, ça m'a paru une éternité. »

Oui, ce jour-là, le ciel de Haute-Loire était céruléen, d'un bleu grec presque difficile à supporter, mais que justifiait pleinement la joie de retrouver Ambroise. Je lui avais préparé un couscous végétarien.

Ambroise n'est pas resté longtemps, mais la semaine prochaine, il revient à La Vie. Il va à Bordeaux. Je l'ai emmené au train. Pendant son absence, je lis Pablo Servigne sur le canapé. Quand Calminus me sent triste, il se met en boule à côté de moi, me lèche puis ronronne. Il m'a adopté.

J'ai vu sur Internet, le lendemain, que des écoradicaux bloquaient à Bordeaux un navire de croisière. Ambroise est revenu sans voix et en rage. Un autre militant d'Extinction Rebellion l'accompagnait. Il s'appelle Simon.

*

Ambroise et Simon sont maintenant ici depuis plusieurs mois. Ils construisent une cabane dans un pré voisin, sur un modèle finlandais. Zéro émissions. Nous jardinons. Pas de labour, pas de tracteur. Maraîchage biologique. « Il n'y a pas de mauvaises herbes », dit Simon. D'une façon générale, notre éthique, c'est la permaculture. Le soir, nous nous endormons tôt après une ou deux tisanes. Je me sens l'enthousiasme des nouveaux convertis.

J'ai ouvert une nouvelle page de mon journal, dans un nouveau carnet. Elle commence ainsi : « Je croyais qu'on n'avait qu'une vie. Mais non. Nous sommes le cosmos. Notre vie est à la fois précaire et infinie. Il y a quelque chose d'enivrant dans cette histoire de fin du monde. C'est une occasion à saisir pour les âmes blessées. Pendant tous ces mois, j'ai de fait survécu. Je vais continuer à survivre, mais dans un autre sens. Je ne me soucie plus seulement de mes proches, de la folie dévastatrice ou des humains en général. Mon empathie s'étend à l'univers. Je vis une crise mystique d'écologie sensible. »

Hier est un jour qui compte. Hier, Ysé est venue à La Vie. C'est ça, je crois, que j'espérais par-dessus tout. Elle est venue pour Ambroise, bien sûr, mais elle m'a promis de rester quinze jours. On a parlé d'Adrien, qui vient de remporter un tournoi d'échecs en ligne. On a parlé d'Alexandre. Tout est merveilleux pour Alexandre : Adèle, Gabriel, Bruxelles. C'est difficile à croire, mais on a presque réussi à ne pas parler de Constance. Ysé a juste dit qu'un nouvel antipsychotique la stabilisait. Qu'elle était dans une phase calme, plus longue que d'ordinaire.

Ce matin, j'ai proposé à Ysé un voyage à pied dans les Cévennes sur les traces de Stevenson. Elle ne m'a pas dit non. Elle a ajouté quelque chose qui m'a bien plu : « On ne va tout de même pas attendre la fin du monde. » Nous aussi, on a une zone à défendre.

Remerciements

Mes remerciements chaleureux à Olivier Cohen qui a d'emblée cru à ce livre, à Nathalie Kuperman pour sa lecture particulièrement sensible et avisée, à Geneviève Brisac dont les suggestions m'ont été si précieuses.

Avec toute ma gratitude à Anna pour sa présence inspirante, toute ma tendresse à Raphaël et Bérénice pour la joie de vivre avec eux.

Mes remerciements très vifs à Claude Burgelin, Myriam Monteiro-Braz, Jean-Marc Niguès, amis généreux, bienveillants lecteurs.

Du même auteur

Henri Michaux, écritures de soi, expatriations
Prix Rhône-Alpes de l'essai
Corti, 1994

Le Laminoir
Champ Vallon, 1995

Le Piano d'Épictète
Corti, 1995

Contre Céline, ou d'une gêne persistante…
Corti, 1997 (nouvelle édition 2013)

Corner-line
Paroles d'aube, 1998

La Bande sonore
Corti, 1998

Henri Michaux
ADPF, 1999

Henri Michaux
prix Louis Barthou de l'Académie française
Gallimard, 2003

Sabots suédois
Fayard, 2004

Le Livre des hontes
Grand Prix de la critique
Seuil, 2006
La Honte, Gallimard, « Folio », 2017

Éloge de l'apostat
Seuil, 2010
Le Livre de poche, 2013

Les Liaisons ferroviaires
Champ Vallon, 2011
J'ai lu, 2013

Queneau losophe
Gallimard, 2011

Les Écrivains face à la doxa, essai sur le génie hérétique de la littérature
Corti, 2011

L'Autre Vie d'Orwell
Gallimard, 2013

La Nouvelle Surprise de l'amour
Gallimard, 2016

Real book, autopianographie
Seuil, 2019

La Curiosité, une raison de vivre
Autrement, 2019

RÉALISATION : NORD COMPO À VILLENEUVE-D'ASCQ
IMPRESSION : FIRMIN DIDOT
DÉPÔT LÉGAL : AOÛT 2020. N° 1664-2 (160364)
IMPRIMÉ EN FRANCE